異世界から聖女が来るようなので、邪魔者は消えようと思います５

蓮水　涼

JN110255

23354

角川ビーンズ文庫

Contents

ウィリアム・フォン・シャンゼル
シャンゼル王国王太子。常に笑顔で、甘いマスクに甘い声——だが、裏の顔がある？
フェリシア・フォン・シャンゼル
元・グランカルスト王国第二王女。前世で知った乙女ゲームの世界に転生。薬草毒草に興味があり、薬の調合が得意。
異世界から聖女が来るようなので、邪魔者は消えようと思います

Characters
人物紹介

アイゼン

フェリシアの兄。
グランカルスト王国の
国王に即位。

サラ

乙女ゲームのヒロイン。
黒髪・黒目の
異世界から来た聖女。

ダレン

医師。見た目は屈強な
男性だが、中身は乙女。

ライラ

フェリシア付きの騎士。

フレデリク

近衛騎士。

Isekai kara Seijo ga
kuruyou nanode,
jamamono ha kieyou to
omoimasu

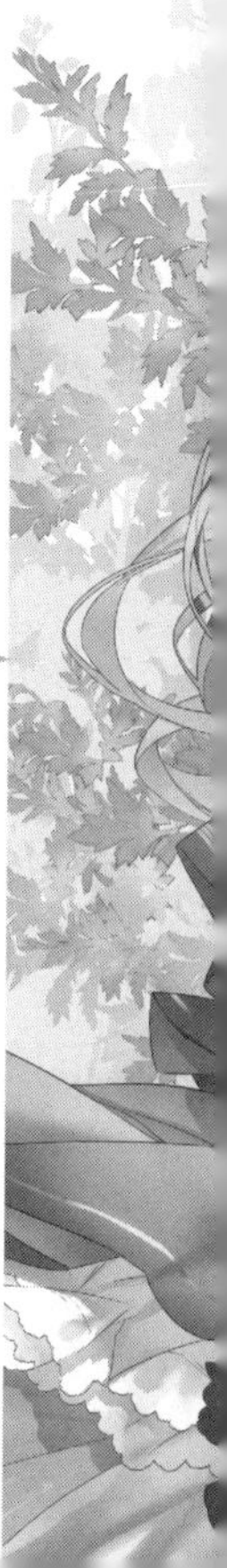

本文イラスト／まち

プロローグ

湿気《しっけ》とかびの臭《にお》いが鼻を通っていった。思わず顔を顰《しか》めながら、薄暗《うすぐら》い石階段を下りていく。

燭台《しょくだい》の灯《あか》りがなんとも頼《たよ》りなげに揺《ゆ》れている。たとえ昼間に来たとしても、同じような印象を受けるだろう陰気《いんき》くささが漂《ただよ》っていた。

さすが重要犯罪者を閉じ込める地下牢《ちかろう》だ。己《おのれ》の罪を悔《く》い改《あらた》めよとばかりに精神を攻《せ》めてくる悪環境《かんきょう》である。

「すごいっすねぇ、あんた。こんな辛気《しんき》くさい場所にいても笑ってられるなんて」

アルフィアスは、その牢の中の一つにいた。こんな劣悪《れつあく》な場所に置かれてなお、彼は優《ゆう》雅《が》な微笑《ほほえ》みを崩《くず》さない。

「俺ならこんな鬱《うつ》なとこに嫌気《いやけ》が差して、速攻《そっこう》で服毒自殺しそ～。本当に同じ人間っすか？」

鉄格子《てつごうし》越《ご》しに挑発《ちょうはつ》的な目を向けても、やはりアルフィアスの微笑みは崩れない。

彼は「そうですね」と伏《ふ》し目がちに答えた。

「僕は特別製ですから、君たちと一緒《いっしょ》にして考えないほうがいいでしょう。文字どおりね」

「はは、自分で自分のこと特別とか言っちゃうんだ？　でもまあ、確かにあんた――だもんなぁ。特別と言えば特別か。ほんと、ついさっきそれを聞かされた俺はプチパニック中ですよ。なんでもっと早く教えてくれなかったんだか」

「逆に僕は少しも驚《おどろ》いていませんよ？　フェリシア王女のそばにいた男が、こうして僕を助けに来ても」

――ねぇ、ゲイル？

名前を呼ばれて、ゲイルは人の悪い笑《え》みで肩《かた》を竦《すく》めた。

「びっくりっすね。あんた俺のこと知ってたんだ？」

先ほど見張り番から奪《うば》った鍵《かぎ》を鍵穴《かぎあな》に差し込むと、ゲイルは躊躇《ためら》いなく牢の扉を開ける。

「前財務大臣が王太子の婚約者暗殺《こんやくしゃ》を依頼《いらい》した男でしょう？　知っていますよ。もっと言うなら、教会から王家への潜入《せんにゅう》を命じられた男です。潜入の手段は問いませんでしたが、必ず王太子――ウィリアムの信頼《しんらい》を得ろという命令だったはずです」

「うわぁ。そこまで詳《くわ》しいってことは、もしかして」

「その命令の大本は僕です」

「あ、やっぱり？　なんだよ、え〜、そういう感じ？　殿下《でんか》めっちゃ執着《しゅうちゃく》されてんじゃん、あんたに」

「あの子は僕の〝手段〟ですからね。僕の野望を叶《かな》えるための」

「ふーん？　だったらさぁ、あんたが——だってこと、もっと早く教えておいてほしかったんですけど。だってほら、なんとか伯爵《はくしゃく》が暴《あば》れた事件のとき、もし殿下の命令が下ってたらさ、危《あや》うくあの場であんたを殺すところだったじゃん——スパイだってバレないために」

アルフィアスは顔に笑みを貼《は》りつけたまま、無言で石の階段を上っていく。

途中《とちゅう》で倒《たお》れている騎士《きし》を見つけても、アルフィアスは気にもとめなかった。

階段を上りきり、外へと繋《つな》がる扉を開ける直前、アルフィアスがゲイルを振《ふ》り返る。

「ウィリアムが知ったら、驚くと思いますか？」

「そりゃ、普通《ふつう》に驚くんじゃないっすか？」

ふ、とアルフィアスが吐息《といき》をこぼす。

「ではそのとき、はたしてあの子はどちらに驚くでしょうね？　君に裏切られたことか、それとも僕の正体か。まあ、どちらに転んでも、あの子の心はまた憎《にく》しみの血を流すことになるでしょう。なぜなら君も、僕が仕込んだあの子のための憎しみの種なのですから」

血のように赤い瞳《ひとみ》に見下ろされる。変わった瞳だとは思っていた。暗闇《くらやみ》の中でも存在感のある瞳。

けれど、ゲイルにとってはどこか馴染《なじ》み深く、不思議と不気味には思わない瞳。

「……一個、訊《き》いていいっすか？」

「どうぞ」

「なんでそこまで、殿下に拘《こだわ》るんです？」

彼のそれは、異常な執着とも言える。ではなぜ、ウィリアムにそこまで拘るのか。ゲイルはそれが不思議で仕方なかった。

「簡単ですよ。あの子は僕が目を付けた、歴史上最もこち側に近い王族だからです」

「こちら側ねぇ……」

確かにウィリアムは、実は魔王《まおう》なのではと疑いたくなるくらい、たまに容赦《ようしゃ》ないときがある。

「王女がいなければ完璧《かんぺき》でした。彼女がいなければ、もっと早くにあの子は僕の人形《もの》になっていた。そして全《すべ》てが僕の意のまま——僕の大願は成就《じょうじゅ》していた」

アルフィアスが扉を押し開ける。澄《す》んだ夜の風が一気に流れ込んできた。

「姫君《ひめぎみ》には、邪魔《じゃま》をした報《むく》いを受けてもらわなければいけませんね」

なんとも穏《おだ》やかな夜だった。星も月も出ている。

草の上に落ちる一つの影《かげ》は、そのまま夜闇の中に溶《と》けていった。

第一章✽✽✽初夜なんて無理です！

フェリシアは今、人生最大の〝ピンチ〟を迎《むか》えていた。

場所は、今夜からフェリシアの寝室《しんしつ》となった部屋。そのベッドの上。もっと言うなら、その端《はし》も端。ヘッドボードにへばりついている。

これまでシャンゼルで過ごしていた部屋のベッドも祖国のものに比べれば大きかったけれど——祖国は自作の木製ベッドだったので当然ではあるが——新しいベッドは、大人が余裕《よゆう》で四人も寝《ね》られそうな広さがある。

サイドテーブルは初見のものだが、精緻《せいち》な細工が美しい、ひと目で一流の職人の仕事とわかるものだ。その上には、丸みを帯びたガラスの花瓶《かびん》に一重咲《ひとえざ》きの赤いアネモネが飾《かざ》ってある。

前の寝室にあったドレッサーは、この新しい寝室からは消えていた。代わりにソファやテーブルが置かれているが、これは夜、二人でゆっくりと語らう時間を取るためのものらしい。

そう教えてくれたのは、現在進行形でヘッドボードの方に逃《に》げるフェリシアを、楽しそうに追いつめてくるこの部屋のもう一人の主人である。

ここシャンゼル王国の優秀《ゆうしゅう》で人望厚い王太子——ウィリアム・フォン・シャンゼルだ。

「あの、ウィル？　お願いですからそんな楽しそうな顔で近寄ってこないでもらえますか」

「どうして？　今夜は私たちが夫婦《ふうふ》になって初めての夜だよ、フェリシア。この意味、わかるよね？」

残念ながらわかるから逃げているのである。

もともとはグランカルスト王国の第二王女だったフェリシアは、このたびめでたくウィリアムと結婚した。

文字にすればたった一文だが、その一文にはなかなかの苦労と波乱が詰《つ》まっている。

何よりも、フェリシアは前世の記憶《きおく》を持ってこの世に生まれた、いわゆる転生者だ。ここが前世でいう乙女《おとめ》ゲームの世界で、自分がその乙女ゲームの悪役に生まれたと知ったときは、当時婚約者だったウィリアムとは絶対に結婚しないと決めていた。

だって、他《ほか》の女性を愛し、自分を殺そうとしてくる男となんて、誰《だれ》が好き好んで結婚したいと思うだろう。

目指せ婚約破棄《はき》。目指せ平民スローライフ。当時のフェリシアは、本気でそう思っていたのだ。

なんなら毒草・薬草に興味があったこともあり、薬師《くすし》になって生きていこうという未来図さえ思い描《えが》いていた。

そうして実現のために行動したところまでが、フェリシアにとって唯一《ゆいいつ》自分の思いどおりになっていた人生だっただろう。

けれどそこから先の人生は、いつもウィリアムに振り回されてばかりだった。

好きにならないと決め、好きになりたくなかった唯一の相手だったのに、いつのまにか彼の甘い罠《わな》に引っかかって好きになってしまっていた。

人に甘えるのも人を好きになるのも下手だったフェリシアに、彼が全部教えてくれた。

たまに意地悪をされることもあるけれど、蓋《ふた》を開けてみれば、それらはフェリシアのためであったことが多い。

表向きは、優《やさ》しくて優秀な王太子様。

でもその本性《ほんしょう》は、鬼畜《きちく》で容赦《ようしゃ》のない悪魔のような人。

それでも――彼の全てが、いつのまにか愛《いと》しくてたまらなくなっていた。

柔《やわ》らかそうな黒髪《くろかみ》は撫《な》でてあげたくなるし、透《す》き通る紫《むらさき》の瞳《ひとみ》に優しく見つめられたいと思う。甘い言葉を伝えてくれる形のいい唇《くちびる》には――絶対本人には言わないけれど――無性にキスしたくなるときがある。

――が。

ここで思い出してほしい。フェリシアは、人に甘えるのも人を好きになるのも下手な人間だ。つまり、恋愛《れんあい》経験というものがほとんどない。

そんな人間に、いきなり今夜の通過儀礼《ぎれい》はレベルが合っていないと声を大にして叫《さけ》びたい。

「私、こういうことはほんと、初めてなんです。ど、どうすればいいのかとか、全然、何も知らなくてっ」

今世はウィリアムに嫁《とつ》ぐまで虐《しいた》げられた王女だったが、前世で得た知識はある。

だから今夜、ウィリアムが自分に何を求めているのか、周囲から何を求められているのか、わからないわけではない。

いっそ前世の記憶がないほうが、すんなりと受け入れられたかもしれない。

とにかく、フェリシアはもう一度言いたい。

「全くの初心者なんです、私は!!」

レベルを初級に落としてから来てはくれないだろうか。段階を踏《ふ》んでくれるならなお良しだ。

「ふふ、フェリシアは変なことを言うね。初めてじゃなかったら逆に大変だよ。私に君を監禁《かんきん》させたいの?」

「なんでそうなりますの!?」

もう訳がわからない。自分も、ウィリアムも、この状況《じょうきょう》も。頭が回らない。

「ねぇ、もしかして、緊張《きんちょう》してる？」

「し、してますけど何かっ？」

「それって私のこと、ちゃんと意識してくれているってこと？」

「むしろこの状態でしないほうが無理じゃありません⁉」

顔に熱が集まっていく。頭が別の意味でぐるぐるとしてきた。

「へぇ、そっか」

言いながら、ウィリアムはじりじりと距離《きょり》を詰めてくる。

「かわいいね、フェリシア。私の奥さん」

「また人を揶揄《からか》ってますわね⁉　あの、ほんと、それ以上こっち来ないでください」

「せっかくの新婚《しんこん》なのに？　やっと面倒《めんどう》な国の慣習を終えて、晴れて君と夫婦になれたのに？　その証拠《しょうこ》が君と私の左薬指で輝《かがや》いて見えるのは、私だけかい？」

ウィリアムは自分の美貌《びぼう》を熟知した上で、眉尻《まゆじり》をこれでもかと垂れ下げてきた。

左手の薬指に輝くマリッジリングは、もちろんフェリシアの目にも見えている。ウィリアムが贈《おく》ってくれた、スリーストーンのメレダイヤが煌《きら》めく繊細《せんさい》なウェーブラインの指輪だ。対《つい》となるウィリアムのリングは、同じウェーブラインを描いたスタイリッシュなデザインとなっている。

これが二人の夫婦である証《あかし》だと思うと、フェリシアは嬉《うれ》しくて何度も眺《なが》めては照れるという行為《こうい》を繰《く》り返した。だから決して、ウィリアムだけではないのだ。

ただ。

「その顔は卑怯《ひきよう》ですよっ。私がそれに弱いってわかっててやってますわよね？」

「使えるものはなんでも使う主義だからね。知っているよ。私が少し弱ったふりをすれば、君がいつも折れてくれること」

最悪だ。悪魔《あくま》に弱みを握《にぎ》られた気分だ。実際は夫なのだけれど、フェリシアがウィリアムをそう思うのは一度や二度のことではない。

なんだか頭がぐわんぐわんしてきた。顔だけではなく、身体《からだ》全体が熱っぽい気がする。

「酷《ひど》いですわ、ウィル。あなたはそうやって、いつも私を振《ふ》り回してきて……」

うる、と瞳《ひとみ》が潤《うる》んだのは、ウィリアムへの抗議《こうぎ》か。それとも身体に感じる熱のせいか。

「私だって、ウィルを振り回したいのに」

そう、振り回したい。いつも余裕《よゆう》綽々《しやくしやく》なこの男の、余裕のないところが見たい。

だってこういうとき、キスをするとき、いつも自分ばかりがドキドキさせられて、空回っていて面白《おもしろ》くないのだ。

「私だって、ウィルをどろどろのでろでろにしてやりたいのに！」

そう宣言すると、ウィリアムが小さく吹《ふ》き出した。

「それはいいね。君になら喜んで振り回されたいし、どろどろのでろでろにしてほしいな。

──でも、その前に」

ついにウィリアムが、手を伸《の》ばせば触《ふ》れられる距離まで攻《せ》めてきた。ぼーっと彼の整った美貌を見上げていたら、頰《ほほ》をするりと撫でられる。

顎《あご》まで下りていったその手に、くいっと上を向かされた。いつものように優しく落ちてきた唇に、フェリシアは目を閉じる。

しかしそれはすぐに離《はな》れ、最後に唇をぺろりと舐《な》められた。

「っ!?」

「……やっぱり、アルコールの味と匂《にお》いがする」

フェリシアは今、自分の身に何が起こったのか理解できなかった。

何かとんでもないことをされた気がするのに、頭がちっとも回ってくれない。

「ねぇフェリシア。今夜のこと、お酒の力を借りたいほど緊張していた？」

ウィリアムがまるで耳の奥に息を吹き込むように囁《ささや》いた。くすぐったくて身を捩《よじ》る。

「んっ……だって私、本当に初心者なんですもの」

「大丈夫《だいじょうぶ》だよ、君に怖《こわ》い思いはさせないから。──ああでも、普段《ふだん》進んでお酒を飲まない君が、その力を借りたくなるほど緊張してくれたんだと思うと、どうしよう、嬉《うれ》しいな」

いつのまにか彼の腕《うで》の中に収まっていたフェリシアは、ウィリアムにされるがまま、顔中に彼のキスを受け止める。

「君がそこまで私を意識してくれるようになるなんて……ふふ、かわいいね、フェリシア」

「ウィル、待って。くすぐったい」

「うん。だいぶ酔《よ》いが回ってきてるね」

かわいい、と目尻《めじり》に一つ。

「いったいどれくらい飲んだの？　教えて？」と頬に一つ。

「そ、んなに、飲んでませんわ」

「嘘《うそ》。だってフェリシア、お酒に弱くないよね？」

知っているよ、と唇に一つ。

優しく、花に触《ふ》れるようなキスをされる。

「そんなフェリシアがぼーっとするほど飲むなんて、かなり珍《めずら》しいんじゃない？　つまり今日は、ずっと私のことで頭をいっぱいにしてくれていたということだよね？」

「それは……不可抗力《ふかこうりょく》ですわ」

「ふはっ。なんでちょっと悔《くや》しそうなの？　私は嬉しいよ。むしろいつもそうだったらいいのに。私のことで頭をいっぱいにして、私のことだけを見つめて、私だけに微笑《ほほえ》んで、私だけに愛されてくれればいいのに――なんて、ここまで伝えてしまうのは、さすがに怖《こわ》がらせるかな」

言いながら、ウィリアムがフェリシアの首元に顔を埋《うず》めてくる。

すり寄ってくるようなその仕草が、なんとなく甘えられているような気がして、フェリシアは考えるより先に彼の頭を撫《な》でていた。

いや、彼の言うとおり酔いが回った頭では、正直何も考えられない。ウィリアムの頭を撫でたのは、フェリシアがただそうしたいと思ったからだ。

「……フェリシアって、酔うとこんな感じになるんだね」

こんな感じ？　ってどんな感じだろう。よくわからなくて、適当に返す。

「ん～、そうですわね？」

「酔うといつも以上に隙《すき》が多いね。……襲《おそ》っちゃうよ？」

「ん～、そうですわね？」

「うん、これは本格的に色々と通じなくなってきたね。それに眠《ねむ》そうだ。本当、どれだけ飲んだんだか」

ウィリアムがくすりと笑った気配がした。

その吐息《といき》が首にかかって、小さく声を上げる。

「明日、君は今夜のことを覚えているかな。覚えているといいけれど――覚えていないほうが、私としては楽しいかもしれないね」

そのとき、首の付け根あたりでちくっとした痛みが走ったけれど、だんだんと舟《ふね》を漕《こ》ぎ始めていたフェリシアには、何をされたのか残念ながら知る由《よし》もなかった。


フェリシアの朝は、基本的には侍女《じじょ》のジェシカによってもたらされる。

彼女が眠る自分を起こしに来て、「おはよう」と互《たが》いに挨拶《あいさつ》をするのが一日の始まりの合図だった。

「……？」

でも今日は自然と目が覚めて、ジェシカの声が聞こえないことを不思議に思いながら、まだ眠ろうとするまぶたを擦《こす》る。

「おはよう、フェリシア。寝起《ねお》きの君もぼんやりとしていてかわいいね。まぶたはあまり擦っちゃだめだよ」

「………。っ、!?　っっっ!?」

「わかりやすく驚《おどろ》いてるね。ちなみに、昨夜のことは覚えてる？」

いや、その前に、頭の中がパニックを起こしている。

起きたら目の前に朝日より眩《まぶ》しい美貌《びぼう》があって、なんなら美貌だけではなく鍛《きた》えられた大胸筋がガウンからチラ見えしているこの状況《じょうきょう》、パニックにならないほうがおかしい。なんでだ。全部はだけているわけじゃないところが妙《みょう》に色気を感じさせて、油断すると顔から火が出そうである。

いやそもそも、王太子の肌《はだ》をこうも簡単に晒《さら》すなんて、ガウンはなんて仕事のできないやつで——。

（ってそんなどうでもいいことを考えてる場合じゃないわよ⁉）

何がどうしてこうなっているのか。誰《だれ》か状況を説明してほしい。

おかげで起き上がることもできず、横になったまま硬直《こうちょく》した。

「フェリシア？　もしかして、本当に何も覚えてないの？」

ウィリアムがゆっくりと頭を撫でてくる。どうしよう。全く思い出せない。

「昨夜はあんなに熱く愛し合ったのに、それも覚えてないの？」

衝撃的《しょうげき》な言葉が朝から脳天を貫《つらぬ》いた。

「あ、熱く、愛し合った……？」

「君はお酒を飲んでいたからかな、いつもより甘えてくれて、かわいかったよ」

「あ、甘えて」

「あんなフェリシアは初めて見た。酔うとああなるんだね。でも約束して？　これからは絶対、私がいないところで飲みすぎないこと。いいね？」

いいわけない。全然良くない。いいことなんて何もない！

(ああなるって、どうなったの⁉　何をしたのよ私は⁉)

確かに昨夜はいつも以上に飲酒した。というより、夜会などの場以外でフェリシアが進んでお酒を飲むことはない。

しかし昨日は、あまりに緊張《きんちょう》して固まるフェリシアを不憫《ふびん》に思ったのか、ジェシカが勧《すす》めてくれたのだ。緊張が少しでもほぐれるようにと。

自分の筆頭護衛騎士《きし》であるライラも、自分の影《かげ》の護衛であるゲイルも、お酒の力で緊張をほぐすのは良いのではと背中を押してくれた。

ちゃんとほろ酔い程度で止めたはずだけれど、どうやら自分は飲酒の量を間違《まちが》えるほど緊張していたらしい。

「ウィ、ウィル」

「ん？」

「えっと、まずはおはようございます」

「うん、おはよう。気持ちのいい朝だね」

「そ、そうですわね？」

全くそんな感じはしないけれど。

「私、昨夜はその、何か粗相《そそう》を……？」

昨夜がどんな夜であり、どんな思いでこの寝室《しんしつ》に来て、どんな覚悟《かくご》で彼を待っていたか、

フェリシアはそこまでは思い出せる。

そして彼が宣言したとおりアネモネの花束を持って寝室に来たことも、うん、思い出せる。

そのあと少し雑談をして——今思えばフェリシアの緊張を解くためだったのだろう——だんだんと艶《つや》っぽい雰囲気《ふんいき》になってきたところで、耐《た》えられなくて自分が逃《に》げたことも、かろうじて思い出せた。

「でもそれ以上先のことが……その……」

申し訳なさと情けなさと恥《は》ずかしさで語尾《ごび》が小さくなる。

「大丈夫。だろうなと予想はしていたから。そうだね、私から言えることは一つだけかな」

そう言ってウィリアムは、おもむろに顔を近づけてきて。

「とってもかわいかったよ、フェリシア」

ちゅ、と額にキスを落とした。

朝から心拍数《しんぱくすう》が異常なことになっている。体温も絶対におかしいことになっている。

ウィリアムがベッドから抜《ぬ》け出しても、フェリシアは起き上がる気力もなかった。

そのとき、この寝室の二つある扉《とびら》のうちの一つが、遠慮《えんりょ》がちにノックされた。フェリシアの私室に繋《つな》がるほうの扉だ。

王太子妃《ひ》となったフェリシアには、昨日から新たな部屋が与《あた》えられている。

この寝室はウィリアムと共有のもので、左右にそれぞれ扉がある。その一つがウィリアムの私室に、もう一つがフェリシアの私室に繋がっている造りなのだ。

「おはようございます、殿下《でんか》、フェリシア様。お二人ともお目覚めですか？」

声はジェシカのものだった。けれど彼女は、一向に寝室に入ってこようとはしない。

ここは二人の寝室であるため、たとえ侍女や侍従《じじゅう》でも許可なく入らないよう、ウィリアムが彼らに厳命していたことを思い出す。

フェリシアが答えようとしたとき、先にウィリアムが口を開いた。

「二人とも起きているから、フェリシアの部屋に朝食を運んでおいてくれるかい？　一緒《いっしょ》に食べるよ」

「かしこまりました。では、すぐに準備いたします。フェリシア様のお支度《したく》はいかがなさいますか？」

「私がやるから大丈夫《だいじょうぶ》」

そう答えたウィリアムに、フェリシアは「えっ」と飛び起きる。

「ウィル、自分の支度くらい自分でしますわ」

いつもはジェシカにやってもらっているが、フェリシアは自分でできないわけではない。生粋《きっすい》の王侯《おうこう》貴族ならできないかもしれないが、前世の記憶《きおく》と、祖国で使用人のいない生活に慣れているフェリシアには、朝飯前のことである。

ウィリアムは、彼用のクローゼットからシンプルな黒シャツを手に取り、着替《きが》えながらフェリシアに答えた。

「だめだよ、フェリシア。せっかくの新婚《しんこん》なんだから。夫の楽しみを奪《うば》わないで」

「お、夫の楽しみ？」

「本来は祝宴《しゅくえん》週間中を含《ふく》めてしばらくは王族であろうと休暇《きゅうか》をもらえるはずだったところを、私もフェリシアも仕事をしていたからね。代わりに、祝宴週間が終わったあとは一切《いっさい》仕事を入れないよう調整したんだ」

「そうだったんですか」

「だからね、今日から数日は一日中フェリシアと一緒にいられる。そんな夢のようなことはこの先もまたあるかわからないからね。存分に楽しまないと」

彼の声が、心なしかいつもより弾《はず》んで聞こえる。

彼が着替えている間、フェリシアはそちらを向かないよう視線を外していた。それがあだになった。

気づけば着替え終わったウィリアムが、フェリシアの服を持ってベッドの横にいる。

「待ってください、ウィル。いきなり何するんですかっ？」

彼はフェリシアの寝間着《ネグリジェ》に手をかけた。

「何って、着替えだよ」

さも当然のように言わないでほしい。

「自分でできます！　むしろウィルはあっち向いててください！」

「恥ずかしがってるの？」

楽しそうな顔でわかりきったことを訊《き》かないでほしい。さすが鬼畜《きちく》の中の鬼畜である。

「でもフェリシア、今さらだよ？　だって昨夜は……」

意味深長に言葉を切られ、フェリシアはごくりと唾《つば》を呑《の》む。

だって昨夜は、の続きを教えてほしい。だって昨夜は、なんだ、何があったのだ。怖《こわ》いけれど気になる。気になるけれど怖い。怖くて訊けない。訊けないけど、知らないままはなんだか怖い。

「わ、私、昨夜、もしかして、ウィルとその……」

頭から湯気が出そうなほど顔を熱くさせながら、フェリシアは口籠《くちご》もる。

今、自分の顔が、昨夜ウィリアムが持ってきてくれて飾《かざ》ってあるアネモネのように真っ赤になっていることを、フェリシアは見なくてもわかってしまった。

続きを言えずにいると、ウィリアムの温かい手が頭の上に乗せられる。

「残念だけど、着替えは譲《ゆず》ろう。これ以上かわいい反応をされると、本当に私が理性のない獣《けもの》に成り下がってしまうからね」

そう言って室内用のドレスを渡《わた》された。一人でも着られるタイプのものだ。

ウィリアムが後ろを向いたのを確認《かくにん》して、フェリシアは急いで着替えを済ませる。

終わったことを伝えると、振《ふ》り返ったウィリアムはいつもの仮面ではない、どこかうきうきとした表情でフェリシアを椅子《いす》に座らせた。

(そういえば、今日は目覚めたときからずっとこんな顔だったわね)

ウィリアムは唯一《ゆいいつ》の次期国王として、幼少の頃《ころ》から海千山千の猛者《もさ》たちの中で生きてきた。子どもだからと甘えは許されず、誰《だれ》にも本心を見せられない日々の中、彼は常に微笑《ほほえ》みで自分の本心を隠《かく》し、猛者たちと渡り合ってきたのだ。

そのため、彼はいつも貼《は》りつけたような笑《え》みを浮《う》かべている。

出逢《であ》ったばかりの頃はフェリシアもそれに苦労したが、今ではもう彼の素《す》の表情と偽《いつわ》りの表情の区別ができるようになっている。

だからわかる。今のウィリアムは、素の表情を出していると。そしてこれまでに見たことがないほど、浮かれていると。

その理由を知らないから、フェリシアは心持ちウィリアムから身体《からだ》を離《はな》した。

だって、これも彼と関《かか》わるうちに学んだことだが、こういう顔をしているときの彼は大《たい》抵《てい》ろくでもないことを考えている。

「ウィル、あの、本当に昨夜は……」

「その前に、着替えは譲ったから、髪《かみ》は私にやらせてね」

「はい？」

　すると彼は、いつのまにか持っていた櫛《くし》でフェリシアの髪を梳《す》くと、器用に束《たば》ね、アップスタイルに仕上げた。なぜそんなことができるのか。朝からフェリシアの頭の中は疑問符《ぎもん》《ふ》が渋滞《じゅうたい》を起こしている。

「うん、我《われ》ながらいい感じだ。長髪《ちょうはつ》の侍従で練習した甲斐《かい》があったよ。さあフェリシア、そろそろ朝食の準備もできているだろうし、行こうか」

　いや、行こうか、ではない。爽《さわ》やかに言わないでほしい。

　訊きたいことは山とあるけれど、とにかくこれだけは確信した。

（やっぱり何か企《たくら》んでる……！　しかも昨夜のことで！）

　伊達《だて》にこれまでこの腹黒鬼畜殿下と付き合ってきたわけではない。これから待ち受けるであろう未来に慄《おのの》いていたら、ウィリアムがフェリシアの目の前にすっとしゃがみ込んできた。

　戸惑《とまど》う間もなく抱き上げられて、短く悲鳴を上げてしまう。

「ウィ、ウィル！　いきなりなにっ……なんですの、これ！」

「何って、お姫様抱《ひめさまだ》っこ？　暴《あば》れると危ないから、しっかり私の首に腕《うで》を回してね」

「だからなんでそんなことされてますの、私はっ」

「いいからいいから。フェリシアのお世話は私がやるからね。特に今日は」

「なんで⁉」

意味がわからない、と口にしようとして、ウィリアムが動いたため慌《あわ》てて彼の首に抱きついた。

「待って待って、本当に待ってください。私重いですから」

「むしろフェリシアはもっと重くなるべきだよ。軽いほうが心配になる。羽《は》を生やして私の許《もと》から飛んでいってしまうんじゃないかと、気が気じゃなくなるからね」

「人間が羽なんか生やせるわけないじゃないですかっ」

「わからないよ？　なにせ君だから」

「それどういう意味ですかっ」

怖くて彼にぎゅっとしがみつく。意外と危なげなく抱かれているようではあるけれど、それと心は関係ない。あまり体験のない体勢に、心はどうしたって緊張《きんちょう》する。

なのにウィリアムは、フェリシアが彼にしがみつけばしがみつくほど、くすくすと嬉《うれ》しそうにしていた。

「これはいいね。てっとり早くフェリシアに甘えてもらう方法を見つけたな」

「朝から鬼畜なこと言わないでください！　とにかく下ろして、ウィル」

しかし彼は下ろすどころか、そのままフェリシアの私室に向かっていく。

部屋にはジェシカはもちろんのこと、ライラや他《ほか》のメイドたちもいた。

自分で歩けるのに抱《かか》えられて登場することが恥《は》ずかしくて、フェリシアはウィリアムの首元に顔を隠す。

「おはようございます、王太子殿下《でんか》、妃殿下《ひでんか》」

ジェシカがいつもより形式ばった呼び方で挨拶《あいさつ》をすると、それに倣《なら》って他のメイドも同じように挨拶を口にした。

それに応《こた》えながら、なんだか慣れないなと思う。妃殿下と呼ばれることに。

けれど、慣れなければならないのだ。そしてこれから先も胸を張ってウィリアムの隣《となり》にいるためには、これからはもっとしっかりと、王太子妃らしく在《あ》らねばならない。

だというのに。

「ウィリアム殿下、これはいったいなんですの」

本日二回目の「なんですの」が出た。

だって、彼がやっと下ろしてくれたと思ったら、そこは彼の膝《ひざ》の上だったからだ。

新しいフェリシアの私室は、初めて案内されたとき、驚《おどろ》きを隠せないものだった。フェリシアの好みにあまりにも合致《がっち》していたからだ。

新緑を思わせるような淡《あわ》い緑色と白色で統一された内装。家具はシンプルでありながら機能性に優《すぐ》れ、しかし細部まで意匠《いしょう》のこだわりが窺《うかが》えるもの。

一人で本を読むときに重宝していたアームチェアは、前の部屋で使っていたものだ。お気に入りだったから嬉しかった。

しかも飾《かざ》り棚《だな》の上に生けられていた花は、フェリシアの好きな花――すずらんで。

興奮気味に近寄ったフェリシアに、ウィリアムは苦笑《くしょう》しながら言った。

『本当はそれを飾るか悩《なや》んだけれど、君の好きな花だから。代わりに約束してね。花はもちろん、生けてある水も、好奇心《こうきしん》で飲まないこと』

こんな注意をわざわざ受けるのもフェリシアだけだろう。すずらんは、小ぶりの白い花が連なる清楚《せいそ》な華《はな》やかさを持つ花だが、人を死に至らしめる毒を持つ恐《おそ》ろしい花でもある。

しかもその毒は水溶性《すいようせい》のため、生けた水にも毒が移る。

フェリシアはそんな毒すら、知的好奇心の対象としてしまう。

それを十分知っているウィリアムは、だからあんな忠告をしたのだ。さすがに飲みませんと答えたフェリシアに、ウィリアムが『君の植物に対する行動だけは、ごめん、信じられないというか、ある意味信じているというか、ね』なんて言うものだから、そのあと少しだけむくれたのは秘密である。

とにかく、ひと目で気に入った部屋のテーブルには、すでにたくさんの朝食が並べられていた。

そしてフェリシアは、その前にあるシルクで布張りされたソファに、ウィリアムの膝に乗せられた状態で下ろされたのだ。疑問を持たないほうがおかしい。

「フェリシア、違《ちが》うだろう？　公的に呼びたいなら、これからは〝旦那様《だんなさま》〟だよ」

「殿下、説明をお願いします」

「呼んでくれたら考えようかな」

「ライラ助けて！」

腰《こし》に彼の腕を回されているため逃《に》げられないフェリシアは、己《おのれ》の優秀《ゆうしゅう》な護衛に頼《たよ》ることにした。――が。

ふいっと、視線を外されてしまう。

ライラに今まで無視されたことなどなかったフェリシアは、頭をガツンと殴《なぐ》られたようなショックを受ける。

「ああ、かわいそうに。固まっちゃった」

ウィリアムが慰《なぐさ》めるように頭を撫《な》でてくるが、その声と顔は全くかわいそうだとは言っていない。

「ラ、ライラに嫌《きら》われたら、ウィルを恨《うら》みますからね……！」

「え、何それかわいい。上目《うわめ》遣《づか》いで睨《にら》まれても全然怖《こわ》くないよ。それに少し目が潤《うる》んでるね。昨夜の余韻《よいん》もあるのかな」

ちゅ、ちゅ。と見えない涙《なみだ》を吸うように両の目尻《めじり》にキスされる。

朝から彼の謎《なぞ》の行動に振《ふ》り回されているフェリシアは、ついに我慢《がまん》の限界を突破《とっぱ》した。

「もう!! だからいい加減にっ――」

と、口を開けた瞬間《しゅんかん》、中に何かを突《つ》っ込まれる。

(な、なに!?)

口内で感じたのは、さっぱりとした酸味と甘さだ。

「どう? おいしい?」

果物だ、と気づいたのは、ウィリアムの手の中にあるフルーツの盛り合わせが見えたから。

「ほら、もう一つ。あーん」

そしてその果物が桃《もも》だとわかったのは、遅《おく》れて咀嚼《そしゃく》したときに桃の香《かお》りが鼻を抜《ぬ》けたから。

やっぱり今日のウィリアムは、何かがおかしい。

いつも甘いと言えば甘い人ではあるけれど、今朝はそれが顕著《けんちょ》だ。お姫様抱っこで運んだり、食べ物を食べさせてきたり。

それに――。

「あれ、食欲ない? でも少しは食べないとだめだよ、フェリシア。昨夜は体力を使ったんだから」

昨夜昨夜と、なぜか無駄《むだ》に強調してくるこれは、いったいなんの意味があるのか。勘弁《かんべん》してほしい。

それからもウィリアムの「あーん」攻撃《こうげき》は続き、フェリシアは諦《あきら》めて流れに身を任せることにした。せっせと朝食を口元に運ばれていると、なんだか自分がひな鳥になった気分になる。

そんな朝食が終わると、メイドたちが片付けのために部屋を下がっていく。

残ったのは、気心の知れたジェシカとライラだけ。ジェシカが食後の紅茶を置くと、ウィリアムが彼女に話しかけた。

「ジェシカ、今日は出掛《でか》けるから、あとでフェリシアの髪《かみ》を結《ゆ》い直してあげてくれるかい。もう上げる必要はないから、いつものようにダウンスタイルでよろしくね」

「は、はい！　かしこまりました」

ジェシカはちらりとフェリシアを見て、なぜか頬《ほほ》を染めながら返事をした。ウィリアムの言動がおかしいことは朝から体験しているが、ジェシカも似たり寄ったりの不自然さが滲《にじ》み出ている。

（なに、みんなしてどうしたの。ライラもジェシカも、なんかいつもと違う。実は私、知らないうちに何かしちゃったの⁉）

混乱していると、ウィリアムが続けてライラに話しかけていた。

「ライラは、私に何か言いたげだね」

「いえ……ただ、さすがに妃殿下が不憫《ふびん》に思えただけです」

「えっ」

不憫。不憫とはなんだ。やっぱり何かあるのか。

「ウィルっ」

彼の拘束《こうそく》から逃《のが》れようと、なんとか身を捩《よじ》る。簡単に抜け出せるとは思っていないが、ライラの発言を聞き逃すことはできなかった。

「まったく、ライラはゲイルの影響《えいきょう》を変に受けてるね？ 今まではそんな余計なこと、絶対口にしなかったのに」

「きっとライラは私のためを思って言ってくれたんでしょう。なら今責《せ》めるべきはライラではなく、あなたですわ。いい加減何を企《たくら》んでいるのか白状してくださいっ。こっちは朝から混乱してばかりなんですからね！」

ウィリアムは思案するように唸《うな》りながら、フェリシアの首筋を指でするりとなぞった。

くすぐったい。そして妙《みょう》に落ち着かない気分になる。

彼の手を払《はら》おうとしたとき、彼がまだ悩《なや》むように小首を傾《かし》げた。

「私は言っても構わないけれど、教えられて困るのはフェリシアのほうだと思うよ？ それでも聞きたい？」

「なんですかその不穏《ふおん》な前置き。聞きたくなくなってきましたけど、知らないのも怖いので教えてください」

「なら教えるけれど、ライラが指摘《してき》しているのは、これだよ」

そう言って、ウィリアムは先ほどなぞったところを指先で軽く叩《たた》いた。

「これはね、私よりお酒に頼った君に、お仕置きも兼《か》ねてるんだ」

覚えてない？　とウィリアムが続ける。

「私は昨日、ここに、こうして――」

「って何をしようとしてますの！」

気づけばウィリアムが首元に顔を近づけてきて、もう少しで彼の唇《くちびる》が触《ふ》れそうになっていた。ジェシカやライラの前で何をするつもりだったのか。止められて少しだけ不満そうな顔を見せたウィリアムだが、すぐに微笑《びしょう》を浮《う》かべて元の体勢に戻《もど》る。

「でも、これでわかっただろう？　ここには今、フェリシアが私のものだという証《あかし》の赤い花が咲《さ》いている。触れたら容赦《ようしゃ》はしないというアネモネ顔負けの毒花だよ。毒性は、そうだな、触れようとした者は社会的に抹殺《まっさつ》されるかもね」

「まっ……なんてもの付けてくれてるんですか！」

思わず突っ込んでしまったフェリシアである。でもそうじゃない。そうじゃないのだ。

フェリシアがわからないのは――百歩譲《ひゃっぽゆず》って痕《あと》を付けるのはいいとしても――なぜそれをわざわざ見せびらかすようなことをしたのか、ということだ。

「私の髪を結ったのはウィルですわ。ということは、初めからキ、キスマークを、誰《だれ》かに見せるつもりだったということですわよね？　それにさっき、ウィルは『お仕置きも兼ねてる』って言いました。〝も〟ということは、他《ほか》に何か理由があるんでしょう？」

誤魔化《ごまか》すことは許さないとばかりに、フェリシアはウィリアムの紫色《むらさきいろ》の瞳《ひとみ》をじっと見つめた。彼もまたフェリシアの瞳を見つめ返してくる。

相変わらず整っている美貌《びぼう》には油断すると見惚《みと》れてしまいそうになるけれど、表情筋を引き締《し》めた。

彼がフェリシアのためを思い、内緒《ないしょ》で事を進めて守ってくれることは婚約《こんやく》した当初からあったことだ。

その腹立たしいくらいの過保護を不満に思ったこともあるが、それが彼の守り方で、彼自身無意識にやっているやり方だと気づいてからは、彼に守られることをフェリシアは諦めた。

その代わり、自分が気づけばいいのだと、そう思いついた。彼一人に負担をかけないように、自分が彼のやろうとしていることを暴《あば》けばいい。

そのためには、彼の言動一つ一つに注意を払う必要がある。

彼はフェリシアに嘘《うそ》をつかないけれど、一から十まで話すこともない。言葉の裏に真実を隠《かく》す。

最初はなかなか隠された意味を読み取れなかったけれど、最近はだんだんと読み取れるようになってきた。

慣れたとも言える。彼のやり方に。だから。

「旦那様、そう簡単に妻に隠し事ができると思わないでくださいね？」

彼がその呼び方に弱いと知っていて、あえてそう呼ぶ。

すると。

「――ふっ、ふふふ、あははっ。ああもう、好き。君のそういうところ、本当に最高だ。私の奥さんは容赦がない。指摘は的確だし、最後に私の弱いところを突《つ》いて止《とど》めを刺《さ》してくるあたり、かっこよすぎて惚《ほ》れ直すよ」

それは褒《ほ》めているのだろうか。それとも貶《けな》しているのだろうか。まあ、どちらでも構わない。

「伊達《だて》にお兄様たちとやり合ってませんでしたから」

祖国にいた頃《ころ》は、異母きょうだいたちから散々嫌《いや》がらせを受けていたフェリシアだ。

戦いにおいて相手の弱点、もしくは嫌がるところを突くのが効果的であるということは、彼らから学んだ。

今では異母兄のアイゼンとは和解し――アイゼンは姉からフェリシアを守るためにわざとフェリシアに嫌がらせをしていた――生き抜くための力を手に入れたのだから、あれも単なる嫌な過去ではなくなった。

「そうだね。そんな君だから、できるだけ私のそばでは平穏《へいおん》に、苦痛も何も知らずに穏《おだ》やかに守られていてほしいと思っていたけれど――気づいてもらえるというのも、存外嬉《うれ》しいものかもしれない」

ウィリアムが目を細めながら頭を撫《な》でてくる。優《やさ》しい手つきだ。

けれど、一人だけぬるま湯につかって満足するほど、フェリシアはウィリアムをどうでもいい存在だとは思っていない。

大切な人だからこそ、一人で背負わせたくないのだ。

「これからだって、いくらでも気づいて差し上げますわ。ウィルに隠すなと言っても無理そうですし、なら、私が気づけばいいだけだもの。それで？　今回はどんな理由でしたの」

「んー……まあ、ライラとジェシカには遅《おそ》かれ早かれ気づかれるだろうから、まとめて口止めするにはちょうどいいか」

ウィリアムがそう呟《つぶや》くと、突然《とつぜん》名前を呼ばれたジェシカが両肩《りょうかた》を跳《は》ねさせた。ライラはこんなときでも冷静沈着《ちんちゃく》である。

「結論から言うと、昨夜は何もなかったんだ」

フェリシアを含《ふく》む三人が、頭上にクエスチョンマークを浮かべた。

ウィリアムが続ける。

「昨夜は私たち夫婦《ふうふ》にとって、いわゆる初夜だっただろう？　周囲が期待する初夜なんて、だいたい同じことだ。でも昨夜、私とフェリシアの間には何もなかった」

そこでやっと三人とも顔つきが変わった。理解した顔だ。

特にフェリシアは、昨夜は緊張《きんちょう》で忘れていた自分の責務を、そこでようやく思い出した。

「ごめんなさい、ウィル。私がお酒と羞恥心《しゅうちしん》に負けたから……」

「も、申し訳ございません！　フェリシア様にお酒を勧《すす》めたのは私です！　私が余計なことをしなければ……っ」

「いいえ、私も賛成しました。申し訳ございません、殿下《でんか》」

「ちょっと待って、三人とも。私は別に責めてないよ。そうじゃなくてね、何もなかったと貴族たちに漏《も》れると面倒《めんどう》だから、適度に何かあったように仄《ほの》めかしただけという話だよ。フェリシアを抱《かか》えて出てきたのも、手ずから食べさせたのも、キスマークもね。こういうのは自分で噂《うわさ》を流すより、第三者からのほうが信憑《しんぴょう》性が出るんだ。それが王太子妃《ひ》付きのメイドたちからなら、なおさらだろう？　だから色々と小細工を仕掛《しか》けたんだけれど、私としては役得だったから気にもしていないよ」

ウィリアムは本当にあっけらかんとしている。それが作り物の表情ではなく、本当に機嫌《きげん》が良さそうなのを見てとって、フェリシアはひとまず安堵《あんど》の息を吐《は》いた。

「ですが、私が悪いのに変わりはありませんわ。ジェシカやライラにはもちろん責任はありません。今夜……今夜こそは……なんとか……っ」

己《おのれ》の羞恥心に打ち勝たなければ。恥《は》ずかしいなんて言っている場合ではない。

跡継《あとつ》ぎを産むこと。それが、王侯《おうこう》貴族の女性に課せられた最も重要な責務なのだから。

「フェリシア」

内心で自分を責めていたフェリシアは、お叱《しか》りどころか柔《やわ》らかい声音《こわね》で名前を呼ばれたことに驚《おどろ》いて、恐《おそ》る恐る顔を上げた。

「そんなに思いつめないで。私は君に、子どもを産むことを義務だとは思ってほしくないんだ。確かにそれが王族の責務ではあるけれど、これは二人の責務だろう？　君だけが悪くもなければ、反省する必要もない。一緒《いっしょ》にゆっくりやっていこう。焦《あせ》る必要はないんだから」

「ウィル……」

「大丈夫《だいじょうぶ》。もしこれに関して何か言ってくる人がいたら、君はそいつの名前を私に耳打ちするだけでいい。翌日には何も聞こえてこなくなってるよ」

ここでぞっとしたのはフェリシアだけだろうか。いや、ジェシカも同じだったようだ。顔色が青い。

ライラはさすがというべきか、どちらかというとドン引きしていた。

「さて、そういうわけだから、そっちのことは段階的にやっていこう。それに私は、好きなものはあとでじっくりと味わって食べるほうだし、我慢強《がまんづよ》くもあるしね。フェリシアが私に慣れるまで我慢できると思うよ。ただそのために今の私たちに一番必要なものが何か、わかるかい、フェリシア？」

　急に訊《たず》ねられて、フェリシアは首を傾《かし》げた。何が面白《おもしろ》かったのか、そんなフェリシアを微笑《ほほえ》ましそうに見つめながらウィリアムがまた頰《ほほ》にキスをしてくる。

「あの、答えはわからないんですけど、でもちょっと、今日はやけにキスが多くありませんか？」

　恥ずかしくて視線を下に逃《に》がしながら指摘《してき》した。

「これも君が私に慣れる特訓だよ」

「えっ」

「現にほら、以前は人前で頰にキスをするだけでも恥ずかしそうに怒《おこ》っていた君が、今じゃ特に怒らないだろう？　恥ずかしそうに照れるところは変わらないけれどね。そこがたまらない」

　そう言って、自身の主張を証明するように先ほどとは反対の頰に口づけてくる。

　確かに「人前で何するんですか！」という以前の怒《いか》りが湧《わ》いてこない自分に、フェリシアは気恥ずかしさと驚きを覚える。自分の反応の変化に戸惑《とまど》っていたら、途端《とたん》にウィリアムがぎゅっと抱《だ》きしめてきた。

「ああ、本当にたまらない。なんでこんなにかわいいの？　我慢強いとは言ったけれど、あんまり無自覚に煽《あお》られると、私自身どうなるかわからないよ？」

「煽ってませんけど⁉」

「たまに思うんだ。フェリシアって本当に奇跡《きせき》だなって。あの愛想《あいそ》もかわいげもない義兄《あに》上《うえ》の妹とは思えないよ。人の人格の土台は三歳までに形成されるというから、君の御《お》母上がよっぽどの人格者だったのかな」

「えっと、私の何が奇跡かはわかりませんけど、お母様は、そうですね。とても優しい人でしたわ」

フェリシアが幼い頃に病で儚《はかな》くなってしまった母だが、わずかにある母との記憶《きおく》は、どれも優しさに溢《あふ》れるものばかりだ。

フェリシアが唯一《ゆいいつ》祖国への未練を語るなら、母を残してきたことだろうか。さすがにお墓を持ってシャンゼルに来ることはできなかったから。

その心の内を読んだように、ウィリアムがぽつりと言った。

「今度、墓前にご挨拶《あいさつ》に行こうか」

「！　いいんですか？」

「もちろんだよ。適当に理由を付けてグランカルストに行こう。君の大切な人に、私も会いたいからね」

祖国は遠い。だからフェリシアは、もう二度と祖国の地は踏《ふ》めないだろうという覚悟《かくご》でシャンゼルに来た。

　でもまさか、ウィリアムのほうから提案してくれるなんて。

　嬉《うれ》しくて、お礼を伝えるように彼を強く抱きしめ返す。

「…………だめだ。このままだと一日中こうしていたい欲望に負ける。私はそれでも構わないどころかそうしていたいところだけれど——出掛けよう、フェリシア」

「どこにですか？」

「王都に。さっき言った、今の私たちに必要なことをしに行こう」

　立ち上がったウィリアムに差し出された手を、フェリシアは反射的に握《にぎ》った。

　フェリシアは今、王太子妃らしい華《はな》やかなドレスではなく、懐《なつ》かしい緑色のワンピースに袖《そで》を通していた。これはフェリシアがシャンゼルに来たばかりの頃《ころ》、王宮から抜《ぬ》け出していたときに着ていたお忍《しの》び用の服である。

　そしてフェリシアがこの格好なので、もちろんウィリアムも——。

「黒縁眼鏡《くろぶちめがね》……！」

「え？」

思わず口に出してしまったフェリシアである。

今の彼は、フェリシアと同じく平民に溶《と》け込むような服装をしていた。クラバットのないシャツに、紺色《こんいろ》のベスト、無地のジャケットを羽織り、スラックスで全体をすっきりと見せている。王侯貴族の私服より地味なデザインだが、むしろ服がシンプルだからこそ、彼の美貌《びぼう》は一際《ひときわ》目立っている。

そこに懐《なつ》かしの黒縁眼鏡を合わせれば、フェリシアも思わず唸《うな》る好みど真ん中の男性の出来上がりだ。

「もしかしてフェリシアって、眼鏡をかけてる男性が好きなの？」

「うっ。いえ、好きか嫌《きら》いかで訊《き》かれると、そりゃあ嫌いではありませんけど……」

ところは変わって、今二人がいるのは、王都の中で最も賑《にぎ》わいを見せるマレ区である。商業の中心地区であり、フェリシアが初めて〝騎士《きし》のウィル〟と出逢《であ》った場所でもある。

彼の黒縁眼鏡姿を見たのも、つまりこの地区が最初だった。

懐かしい。あのときは、フェリシアは自身を「エマ」と名乗り、ウィリアムは「ウィル」と名乗って、互《たが》いに正体を隠《かく》してダレンの診療所《しんりょうじょ》でたまに会う仲だった。

ダレンはフェリシアの薬学の師匠《ししょう》で、母を亡《な》くしたフェリシアにとって第二の母とも呼べるような存在だったから、ウィリアムとの婚約破棄《こんやくはき》を目論《もくろ》んでいたときは色々と手伝ってもらったものだ。

ウィリアムと想《おも》いが通じ合ったあとも、魔物《まもの》の瘴気《しょうき》を浄化《じょうか》する薬——浄化薬の開発で何かと世話になっている。

晴れて結婚してからは、祝宴《しゅくえん》週間もあり、会いに行ける時間がなくて手紙のやりとりだけになっていた。

「そう、フェリシアは眼鏡をかけた男性が好きなんだね。……毎日かけようかな」

「違《ちが》うんです！　それはたまにかけるからいいのであって、というかそういうことでもなくてっ。ウィルがかけるからいいのであって、眼鏡をかけた男性がいいとか、そういうわけじゃないんですよ！　わかります!?」

誤解されたくなくてつい熱く語ると、ウィリアムが少しの間のあと、うんと笑顔《えがお》で頷《うなず》いた。

「わかったよ。つまり君は、私の眼鏡姿がいいと言うわけだ」

「そういうことです！」

言ってから我《われ》に返る。それは力強く肯定《こうてい》することじゃない。かぁと額まで熱が上った。

「し、失礼しました。少しはしゃぎすぎましたわ」

「何を言うんだい、もっとはしゃいでくれていいんだよ。色んな君を見せてよ。このデートはそのためでもあるんだから」

「デ、デート!?」

「そうだよ？　思うに私たちはあまりデートなんてできなかったから、そのせいでフェリシアも私との距離《きょり》にいまだに慣れないのかなって、そう思ったんだ。朝言った『今の私たちに必要なもの』というのは、つまり二人で出掛《でか》けて、互いのことをもっと知って、身近に感じようってことだよ」

確かにそう言われると、ウィリアムと過ごすときはほとんどがフェリシアの部屋だった。彼は当然のように忙《いそが》しかったし、フェリシアもそれなりに予定をこなす日々で、二人の空いた時間が重なるのは夜ぐらいしかなかったのだ。

たまに昼中に重なったとしても、そう多くは時間が取れなかったため、だいたいが王宮の中で逢瀬《おうせ》を楽しむだけだった。

「だからほら、おいで？　慣れるために、まずは腕《うで》を組むことから始めよう。夜会のような場でもない限り、フェリシアが私と腕を組んでくれることってあまりないよね。これも慣れるための第一歩だよ」

そう言って腕を差し出される。

あまり意識したことはなかったけれど、彼が言うならそうなのだろう。おそらく無意識に前世の記憶に引っ張られて、腕を組むという行為《こうい》がフェリシアの中で無駄《むだ》に高難度に設定されているせいである。

恐《おそ》る恐るといった体《てい》で、フェリシアは自身の腕を絡《から》めた。ドレス姿でもないのにこうすることに、なんだか少しの違和感《いわかん》を覚える。

「うん、よくできました。偉《えら》いね」

空いた手で頭を撫《な》でてくる彼は、よもやフェリシアを子どもと勘違《かんちが》いしていないだろうか。ムッと唇《くちびる》を尖《とが》らせれば、彼が面白《おもしろ》そうに尖った部分を指で突《つつ》いてきた。

「ちょっとウィル、何するんですか」

「子ども扱《あつか》いはしていないから、そう拗《す》ねないで」

「なっ、なんでわかっ……じゃなくて！」

「わかるよ。君は拗ねるとよく唇を尖らせるから。かわいい癖《くせ》だよね」

「〜〜〜っ」

開いた口が塞《ふさ》がらない。いや、別に慣用句ではない。本当に、ただ、開いた口が塞がらなかった。彼の甘すぎる表情に何も言えなくなってしまう。

なんとか心を落ち着けたフェリシアは、照れを隠すように言葉を紡《つむ》いだ。

「さっきの——デートはそのためでもあって、他《ほか》にも何か、あるんですか？」

ウィリアムが少しだけ目を丸くした。

「あれ、違いました？」

「あー……まあ、そうなんだけど。無意識に言ってたな」

「珍《めずら》しいですね。他に何があるんですか？」

彼は指先で頬《ほほ》を掻《か》きながら。

「実は、二つあってね。一つはお楽しみにしたいからまだ秘密。もう一つはね、私がフェリシアの補給をしたくて」

「私の、補給？」

「そう。実は一昨日《おととい》、何度水をやっても咲《さ》いてくれなかった毒花が、ようやく咲きそうだと連絡《れんらく》があってね」

えっ、と瞳《ひとみ》を輝《かがや》かせる。植物の、しかも有毒植物に関する話は大好物だ。

ウィリアムもそれをわかっているのだろう、苦笑《くしょう》しながら歩き出す。

「毒花と言っても、君が想像するような楽しいものではないよ。薬にも転じることのできない、ただの害悪だ。だからさっさと咲かせて枯《か》らしてやりたいと思っていたんだけれど、なかなか咲いてくれなくてね。それがやっと咲こうと動き始めたから、枯らすために私も動き出したところなんだ」

これは何かの比喩《ひゆ》だなと、聞いているうちに気づいた。はっきりと言わないのは、フェリシアを巻き込むつもりがないからだろうか。

それとも、単純に仕事の話だから言えないのだろうか。

「……それを枯らす話が、どうして私を補給する話になるんです？」

「枯らすために、この休暇《きゅうか》が明けたら少しだけ頑張《がんば》らないといけなくて。その間は君と会えなくなるから」

なるほど、とフェリシアは思った。どうやら仕事の話のようだ。

「わかりましたわ。そういうことなら、今日は私がウィルを補給する日でもありますわね」

「ふふ。フェリシアのそういう返しが好きなんだ」

調子がいいんだから、とウィリアムを軽く睨《にら》んでやった。全く効いていないことは彼の甘い笑みでわかってしまう。

仕事なら言えないのも仕方ないと諦《あきら》め、フェリシアはそれ以上の追及《ついきゅう》をやめた。

「そういえば、覚えてる？〝エマ〟とはここの隣《となり》のレスカン区でも、偶然《ぐうぜん》会ったことがあるよね」

ウィリアムが話題を変えようとしているのがわかって、フェリシアもそれに乗る。

「ええ、そういえばそんなこともありましたわね。ウィルが商人から情報収集してたときのことですよね？」

「そう。君は道に迷ってたね。実はあのときもこっそりとライラに護衛させていたんだけれど、フェリシアがどこに行こうとしているのかわからなくて助けられなかったって、あとからライラが言っていたよ」

「まあ、そうでしたの？」

振《ふ》り返ると、そこには距離を空けて護衛してくれているライラがいる。

その横には、いつのまにかゲイルもいた。王宮では見かけなかったので、途中《とちゅう》から合流したのだろう。

今日はウィリアムの意向で護衛を最小限に抑《おさ》えている。だからこそ、フェリシアとウィリアムの格好がお忍《しの》び用なのであり、ライラや他の護衛たちも、少し離《はな》れた位置から守ってくれているのだ。

おそらくゲイルもその一人なのだろうが、あの男は目立たない気が微塵《みじん》もないらしい。手に握《にぎ》る真っ赤な彼岸花をライラに差し出していて、容赦《ようしゃ》なく彼女に足を蹴《け》られていた。

「……何をしてますの、ゲイルは」

彼岸花には毒がある。ライラはフェリシアのそばにいたおかげか、ある程度有毒植物には詳《くわ》しくなった。もしその花をライラに渡《わた》そうとしたのなら、そりゃあ蹴られて当然だ。

毒花を渡されて喜ぶ女性なんていない――自分はともかくとして。

「フェリシア？　だめだよ、デート中に他の男を気にするなんて。特にゲイルには気を許さないで。何度も言ってきたけれど、彼が暗殺者だということを忘れた？」

「それは忘れてませんけど……」

フェリシアはわかりやすく困惑《こんわく》の色を顔に乗せた。確かにゲイルは暗殺者で、昔はフェリシアがその標的になったこともある。

けれど彼はもう暗殺業からは手を引いている。裏世界から足を洗ったわけではなさそうだが、それだって裏世界の情報を欲《ほっ》したウィリアムの指示によるものだと思っていた。

(そう思うと、ウィルは今後、ゲイルをどうするつもりなのかしら)

気になる。けれど。

「そうですわね。今はせっかくのデートですもの。私もウィルとの時間を大切にしたいですから、もう余所見《よそみ》はしません」

考えるべきは今ではない。今はただ、何も考えずに彼といられるこの時間を堪能《たんのう》したい。

「本当、フェリシアのそういうところがずるいよね。ちなみに彼岸花はもらっちゃだめだからね」

「えっ」

「あ、やっぱりもらうつもりだったんだ？」

彼の笑顔《えがお》に凄《すご》みが増す。これは、ウィリアムが相手に怒《いか》りを伝えるときの顔だ。ライラがいらないならあとでもらおうと思っていたのだが、お見通しだったらしい。

会話を続けながら、ウィリアムに誘導《ゆうどう》されて一つの店に入る。

「で、ですがウィル。あれは浄化薬《じょうかやく》の材料の一つですよ。捨てるくらいなら有効活用したほうが……」

「そういえばその浄化薬だけど、最近新しい投薬方法の開発に成功したんだってね？」

店内は香《かお》りで満ちていた。仄《ほの》かに甘い花の香りだ。

ウィリアムのその話題には、思わず食いつく。

「そうなんですよ！　以前、宮廷薬師《きゅうていやくし》室の一人──リードが吹《ふ》き矢を提案してくれたんですけど、そこから色々と改良を重ねて、ついに完成したのが〝浄化薬銃《じゅう》〟なんです！」

これはフェリシアの前世の記憶《きおく》を頼《たよ》りに編み出したものだが、フェリシアは『麻酔銃《ますいじゅう》』のイメージを伝えたにすぎない。浄化薬を入れた投薬器《ダート》を空気圧で射出したい、というフェリシアの提案を、腕利《うでき》きの職人たちが四苦八苦しながら叶《かな》えてくれたのだ。

前世で〝銃〟といえば、弾丸《だんがん》を発射する恐ろしいものが浮《う》かぶ。が、命名上その名前を借りただけで、実際は威力《いりょく》の強い吹き矢のようなものである。

「聞きましたわ。ウィルが職人たちを集めてくださったって。お礼を言わなきゃと思っていたんです。ありがとうございます」

「いや、礼はむしろこちらが言うことだよ。フェリシアのアイディアは画期的ですごいと、みんなが絶賛していたからね」

それは全部前世の先人たちのおかげなのだが、フェリシアに前世の記憶があることを知らないウィリアムにそこまでは明かせない。なんとなく心に罪悪感が生まれる。

（そういえばウィル、そのことは何も言ってこないわね）

そのこと、というのは、トラウマとも言うべき彼の元家庭教師──アルフィアスが、以前フェリシアを指して「異世界から来た別人だ」と糾弾《きゅうだん》したことだ。それについてウィリアムは不気味なくらい何も訊《たず》ねてこない。

（アルフィアスの冗談《じょうだん》、もしくはその場の嘘《でまかせ》だと思ってくれたのかしら）

なら良かった、と安堵《あんど》すると同時に、本当にこのまま秘密にしておいていいのか、という良心の呵責《かしゃく》のようなものも覚える。

「フェリシア、これすごいよ。色々なハーブがブレンドされてる。店だとこんなにブレンドされたものが売られてるんだね」

思考の底から戻《もど》ってきたフェリシアは、ウィリアムが目の前に差し出す缶入《かんい》りのリーフをぱちぱちと眺《なが》めた。

会話と思考に夢中でなんの店に入ったか気にしていなかったが、どうやらここはハーブの専門店らしかった。

店内の壁《かべ》を覆《おお》うようにいくつものリーフがずらりと並んでいて、香りを試《ため》せるように数種類のリーフが手前の棚《たな》に陳列《ちんれつ》されている。

ウィリアムが手に取ったリーフは、とある田舎《いなか》町の花畑をイメージしてブレンドされたハーブティーのリーフだった。

「キンモクセイ、ドライアップル、ローズマリー、エルダーフラワー、リンデン。他《ほか》にも色々入ってるね」

「本当ですね。私もここまで多くブレンドしたことはありませんわ。あ、いい香り」

「りんごの香りが特にするね。甘くておいしそうだ」

「ねぇウィル、今夜は空いてますか？」

「？　空いているよ。今日だけじゃなくて、数日は休みをもぎ取ったから。緊急事態《きんきゅう》の呼び出しさえなければね」

「じゃあ今夜は、これを飲みません？　お花畑をイメージって、興味がありますわ。今までの私にはない発想ですもの。そういうのをイメージしてブレンドするのも面白《おもしろ》いですわよね！」

「うん、そうだね」

「いつも効能ばかり気にしてましたけど、たまにはそういうのを忘れて、味や香りを追求するのも楽しそう。それならハーブが苦手な方にも飲みやすいかしら？　ウィル、今夜これの感想を教えてくださいね！　ああ、夜が楽しみだわ」

そのとき、隣から圧縮された空気が抜《ぬ》けるような声が聞こえてきて、フェリシアはウィリアムを見上げた。彼は片手で口元を押さえていた。

フェリシアの視線に気づいたらしく、「ごめん」と笑いながら謝ってくる。

「何かありました？」

「いや……ただね、君があまりにも『今夜』とか『夜』とか言うものだから、私は遠回しに誘《さそ》われているのかなと思って」

「なっ、違《ちが》います!!」

「でも『夜が楽しみ』って、もうそうとしか取れないよ。奥さんの期待に応《こた》えて今夜は頑《がん》張《ば》ろうかな」

「ハーブティーを！　頑張って飲むんですね！　誤解されるようなことを平気で口にしないでください、変態！」

「ふはっ、変態って。そんなこと初めて言われた」

ウィリアムが屈託《くったく》なく笑う。その笑顔があまりに無邪気《むじゃき》で、それがどれだけ彼にとって珍《めずら》しいものか知っているフェリシアは、胸の高鳴りを抑えられない。

アルフィアスのせいで仮面の笑顔ばかり浮かべるウィリアムの、素《す》の表情。

仕事のときは今も仮面が標準装備だけれど、フェリシアの前ではむしろ素が標準になり始めている。

フェリシアはそれが嬉《うれ》しかった。きっと彼が思っている何倍も、何十倍も嬉しい。

ただ。

「ウィルの笑いのツボが本当にわかりませんわ……」

なぜ「変態」と言われて噴《ふ》き出すのか。普通《ふつう》は怒《おこ》るところだろう。

「え？　私の笑いのツボかい？　フェリシアはそんなことが知りたいの？」

「そんなことじゃありません。つ、妻としては、やっぱり旦那《だんな》様の笑顔を引き出したいじゃないですか」

照れを隠《かく》すために、わざとムッとした表情を作った。

けれど作った意味はなかったかもしれない。結局フェリシアは、耐《た》えられなくて顔を隠してしまった──絡《から》めているウィリアムの腕に、自分の顔を押しつけることで。

「……ほんと、フェリシアってそういう不意打ちが得意だよね」

「顔を押しつけてるのは攻撃《こうげき》じゃありませんわ」

「それは知って……いや、私限定の攻撃力は持っている気がしてきたな」

「？　意味がちょっと」

「うん、わからないんだよね。それでこそフェリシアだ。あれだよ、君は祝宴《しゆくえん》週間のときのように狙《ねら》ってハニートラップを仕掛《しか》けるより、自然体でのほうがよっぽど私を籠絡《ろうらく》しているよってことだよ」

余計に意味がわからなくなってきた。

そんなフェリシアを置いて、彼は先ほどのハーブティーのリーフを購入《こうにゆう》している。フェリシアの提案を受け入れてくれたのだろう。

それは嬉しいけれど、摑《つか》む腕がなくなったことが少しだけ寂《さび》しくも思う。

「お待たせ」

精算を済ませて戻ってきたウィリアムの腕に、自分からもう一度腕を絡める。今度は離《はな》れないように、先ほどより強めに。

「お金はあとで払《はら》いますね」

「…………ほんと、そういうところだよ、フェリシア」

はあ、と彼はため息をついたあと、「お金は気にしなくていいから」と眉尻《まゆじり》を下げながら言った。


そのあともフェリシアは、ウィリアムとウィンドウショッピングを楽しんだり、カフェに寄って他愛《たあい》ないお喋《しゃべ》りを楽しんだりして、久方ぶりの休日を満喫《まんきつ》した。

久々のデートは、婚約者《こんやくしゃ》だったときと比べて特に何かが変わるようなことはない。彼の隣《となり》は相変わらず楽しいし、ドキドキするし、もっと色んな彼を見たいと思わせられる。

太陽は気づかないうちに沈《しず》む準備を始めていて、いつだってデートの終わりは寂しい気持ちが生まれる。

その思いが以心伝心したのか、

「今度は泊《と》まりのデートもいいかもね」

彼が何気なく言った。

「夫婦《ふうふ》になって同じ部屋に帰れるようにはなったけれど、それでも〝終わる〟印象が強いから。だから今度は、〝終わらない〟デートをしようか」

胸がきゅうと甘く鳴る。

「はい。私も、ウィルとしたいです。終わらないデート」

正直に伝えると、彼の唇《くちびる》が頬《ほほ》に軽く触《ふ》れた。

「ウィっ――」

ウィル！　ここ街中！

そんな文句が口の中で弾《はじ》ける。飛び出さなかったのは、見上げた彼がすごく嬉しそうに、そしてとても幸せそうに破顔していたからだ。その顔はずるい、とやはりこれも口の中で甘く溶《と》けてしまい、音にはならなかった。

「さて。じゃあ今日の最後に、実は一つ行きたいところがあるんだ。これが最初に伝えた〝お楽しみ〟なんだけれど」

どこですか？　と訊ねると、彼は「もうすぐ着くよ」と返してくる。

なんだか見覚えのある道だと思っていたら、ダレンの診療所《しんりょうじょ》前で彼が足を止めた。表のドアには「休診」の札が掛《か》けられている。

ウィリアムは勝手知ったる様子で診療所の裏側へ回った。そこはフェリシアも知る、診療所が休みのときの入り口だ。

戸惑《とまど》って足が進まないフェリシアをエスコートするように、ウィリアムが裏口の扉《とびら》を開けて中へ入っていく。迷いなく階段を上がり、昔そうしていたように、リビングを目指して廊下《ろうか》を進んでいった。

フェリシアの視線に気づいたらしい彼が、優《やさ》しく目を細める。

「グランカルストではなく、ここにいる君のもう一人の御母上《おははうえ》にも、挨拶《あいさつ》をしておこうと思ってね」

見慣れたリビングの扉を彼が開けると、まるでフェリシアたちが来ることを知っていたようにダレンが出迎《でむか》えてくれた。

「こんにちは、ダレン殿《どの》。お待たせしました」

数週間ぶりに会う第二の母が、にっこりと笑う。

「まったくよもぉ～。あんまり来るのが遅《おそ》いから、デートの邪魔《じゃま》でもしに行ってやろうかと思ってたところよ～、うふふ」

綺麗《きれい》な金色の長髪《ちょうはつ》に、温かみのある琥珀色《こはくいろ》の瞳《ひとみ》。太くきりっとした眉《まゆ》に彫《ほ》りの深い顔立ち。生物学的にも見た目的にも男性だが、心は女性というフェリシアの恩人。

それがダレンという人間だ。久々に会っても、彼の持つ雰囲気《ふんいき》は何も変わらない。その、産みの母と同じ、包容力溢《あふ》れる雰囲気が――。

「マジでこのまま来なかったら、王宮に乗り込んでやろうと思ってたのよね～ん」

「それは失礼しました。フェリシアがかわいすぎてなかなかデートを切り上げられなかったもので」

「おい、てめぇが来るっつったから、こちとら今日までフェリシアちゃんに会うの我慢《がまん》してやったんだぞ、あん?」

久々に会った第二の母は、どうやら相当御冠《おかんむり》のようである。

慌《あわ》てて二人の間に入った。

「ダ、ダレン! 久しぶりね! 元気だった?」

「フェリシアちゃん! あたしは元気よ〜、久しぶり! フェリシアちゃんも元気そうで良かったわ。手紙はよくもらってたけど、やっぱり実際に見るほうが安心するわね〜」

いつものように挨拶の抱擁《ほうよう》を交《か》わすと、ウィリアムによってすぐに引き離される。

「ちょっと! こっちは本当に久々なのよ。ハグくらい許しなさいよ!」

「あなたの馬鹿《ばか》力ではフェリシアが潰《つぶ》れてしまうので」

「力加減くらいできるわよ! つーかあんた、聞いたわよロザリーのこと! だからあの子を甘やかすなって言ったでしょうが。ほんと、こんな男が夫じゃフェリシアちゃんが不安な毎日を送ることになりかねないわ。ねーえ、フェリシアちゃん。今からでも遅くないわ。離婚《りこん》してあたしと一緒《いっしょ》に診療所《ここ》で働くってのはどーお?」

「え、あの、ダレン?」

いきなりどうしたのだろう。なぜそんな話が突然《とつぜん》出てくるのかと、戸惑いを隠せない。

なのに、ダレンはさらに続ける。

「薬師《くすし》としてあたしが雇《やと》うわ。ロザリーを過呼吸から救ってくれたことも聞いたし、きっとフェリシアちゃんなら看護師だって目指せるわよぉ。ペーパーバッグ法以外の処置なんて、よく知ってたわね？」

ドキッと心臓が跳《は》ねる。それは掘《ほ》り返されたくない話題だった。

彼の言うロザリーとは、ウィリアムの従妹《いとこ》であり、フェリシアの恋敵《ライバル》だった他国の令《れい》嬢《じょう》のことだ。

ある夜会の最中に彼女が過呼吸を起こし、それをフェリシアが助けたのは最近の出来事である。

しかし、その際施《ほどこ》した処置は、前世の知識を活《い》かしたものだった。ウィリアムにはダレンに教わったと咄嗟《とっさ》に嘘《うそ》をついてしまったので、今ここで話題にされるのは非常にまずい。

恐《おそ》る恐るウィリアムの様子を窺《うかが》うと、拍子抜《ひょうしぬ》けするほど彼はなんの反応も示していなかった。

（良かった……。もう忘れてるのかしら？）

あのウィリアムが？　と自問自答して少し不安にはなるけれど、今この場においては安《あん》堵《ど》する。だって今突《つ》っ込まれたら、フェリシアの嘘がバレてしまうからだ。

「あたしはね、やっぱり心配なのよ、フェリシアちゃんのこと。あたしが知らない間に毒殺されそうになったり潜入捜査《せんにゅうそうさ》みたいなことさせられたり、あげく浮気《うわき》までされそうになったんでしょ？　殿下《でんか》のところに嫁《とつ》がなきゃそんな目に遭《あ》うこともないのにって思ったら、なんだかフェリシアちゃんを送り出したこと、後悔《こうかい》してきて」

ちら、と視線を寄越《よこ》してきたダレンと目が合う。なんだろう、この感じは。ダレンの瞳が自分に何かを問うてきている気がする。

（それとも、試《ため》されてる？）

何を？　もしかして、フェリシアの覚悟《きもち》を？

ダレンは優しいから、もしかすると、フェリシアに最後の逃《に》げ道を提示してくれているのだろうか。

「ストップです、ダレン殿。浮気は聞き捨てなりませんよ。私がフェリシア以外に興味を持ったことが過去に一度でもありましたか？　ないでしょう？　確認《かくにん》することは許しましたが、でたらめを吹《ふ》き込むことは許していませんよ」

「あーはいはい、ごめんなさいねぇ。――とにかくね、あたしはフェリシアちゃんが幸せになるならいいの。なってくれると思ったから今までは黙《だま》って見守ってたの。なのに最近聞かされる近況《きんきょう》は危険なことばっかりじゃない！　もうあたし不安で不安で……だから、ね？　あたしと一緒に暮らして、今度こそ穏《おだ》やかな日々を手に入れましょ、フェリシアちゃん？」

ダレンが両手を包み込んでくる。もはや懇願《こんがん》されている感じに近いが、フェリシアは迷うことなく答えた。

「違《ちが》うわ、ダレン。私が望んでいるのは、穏やかな日々じゃないの。だから大丈夫《だいじょうぶ》よ、離婚はしない。私はね、ウィルと――私の旦那様《だんなさま》と、一緒に幸せになることを望んでるの」

ダレンの瞳を真っ直《す》ぐに見つめる。自分の本気が伝わるように。ダレンがもう心配しなくてもいいように。

ウィリアムが横で「私の旦那様……」と復唱しているのが聞こえたが、今は深く触れないでおいた。ダレンも無視を決め込んだらしい。

「フェリシアちゃん、本当にいいのね？　あなたが選んだことなのね？」

「ええ。だからそんなに心配しないで。私が自分で選んだことだから」

「でも……」

ダレンがなおも食い下がろうとしたとき、ウィリアムが二人の繋《つな》がる手をほどいた。そのまま右手を彼と繋ぎ直されたが、見上げた彼はなぜか目を輝《かがや》かせていた。

「これでおわかりでしょう？　ダレン殿。フェリシアは自ら私の妻になることを選んでくれたのです。あなたが危惧《きぐ》していたように、私はフェリシアを脅《おど》しても、ましてや無理やり結婚を迫《せま》ったわけでもありません」

「……悔《くや》しいけど、そうみたいねん」

「当然です。私はフェリシアを愛していますし、フェリシアも私を愛してくれています。彼女は私の妻です。そして彼女の夫は私です」

そう話すウィリアムの圧が、心なしかいつもより強い。

しかし次の瞬間《しゅんかん》には、一気にその圧が鳴りをひそめ、彼が穏やかな声で言った。

「これでも私は、あなたには感謝しているんですよ。実母を亡《な》くしたフェリシアを助けてくれたのは、あなただったと聞いています。だからここに来たのは、あなたの頼《たの》みもありましたが、私自身のけじめもあったんです」

「けじめぇ？　何よそれ」

ダレンはもちろん、フェリシアも不思議に思ってきょとんとする。彼は珍《めずら》しく真剣《しんけん》な表情をしていた。そして――。

「お義母《かあ》さん、娘《むすめ》さんを私にください」

「…………は？」

フェリシアもダレンも、一瞬、幻聴《げんちょう》を疑う。

が、どうやら本当にウィリアムが言ったらしい。

「そんなふうに固まってどうしたんだい、二人とも？　ああ、もしかしてお義父《とう》さんのほうでした？」

「いや誰《だれ》がお義父さんじゃ!!」

衝撃《しょうげき》で意識を飛ばしていたフェリシアも、そこでハッと我《われ》に返った。

「待ってダレン、突っ込むところそこじゃないわ」

「そ、そうね。いやでも待って、そこもあたしにとっては大事なことよ」

「今ウィル、『娘さんを私にください』って言ったわよね？」

「言ったわね。じゃあ『あげない』って言ったら離婚するってことかしら」

「訂正《ていせい》します。娘さんはもらいました」

「ちょっと！　なんで過去形なのよ!?」

「実際にもう結婚してますので」

「それよそれ！　なんで結婚後にそのセリフ言ってくんの!?　そこに驚《おどろ》いてんのよ、こっちは！　あと純粋《じゅんすい》にあんたの口から許可を求める言葉が出たことにも驚いてるけど！」

二人の視線を一身に受けたウィリアムは、一瞬だけ視線を横に外したが、すぐに外面用《そとづら》の笑顔《えがお》を貼《は》りつけて答えた。

「だから言ったでしょう、けじめですよ。ダレン殿《どの》は百歩譲《ひゃっぽゆず》ればフェリシアのもう一人の御《お》母上と言えなくもないですからね。義兄上《あにうえ》への挨拶《あいさつ》が済んだら、次はあなたにと考えていました」

「百歩譲らなくても母なんだよ。律儀《りちぎ》なんだか喧嘩《けんか》売ってんだかどっちかにしろや」

「正直フェリシアに近づく男は誰であろうと気に食わないですし、フェリシアに頼《たよ》られる存在はさらに気に入らないので、あまり会わせたくはなかったんですが……」

「よぉし、喧嘩なら喜んで買ってあ・げ・る。フェリシアちゃーん、キッチンから包丁持ってきてくれるぅ？」

さすがに持ってこないけれど。

ただ、フェリシアも混乱していた。この状況《じょうきょう》に。

「ですが、思ったんですよ」

そんななか、ウィリアムが構わず続けた。

「引継《ひきつ》ぎは大切だなと」

「…………はい？」

本日二度目のクエスチョンマークがフェリシアとダレンの頭の上に浮《う》かんだ。

「これまでフェリシアを守ってきた義兄上からの引継ぎは終えました。これからはその役目が私のものになった。義兄上には結婚式《けっこんしき》のときに『頼んだぞ』とも言っていただけましたからね。なら次は、フェリシアに頼られるあなたからその役目を引き継ぐのが妥当《だとう》でしょう？　ということで、今後は距離感《きょりかん》を考えてくださいね。ハグを許すのは今日までです」

「あんた実は最後のひと言が本音でしょ⁉　それ言うために来たでしょ⁉　ねーえ！　フェリシアちゃんは本当にこんな心の狭《せま》い奴《やつ》でいいわけ⁉」

その質問にはすぐに答えられなかった。なぜなら。

「えっと、その、まさかウィルがそんなことを考えてくれてたなんて、あの、知らなかったので……」

顔に集まる熱でのぼせそうだ。

確かに言っていることは滅茶苦茶《めちゃくちゃ》かもしれないけれど、これは前世で言うところの〝両親への挨拶〟に似ていると思った。

フェリシアの父は存命だが、ほとんど会話をしたことのない父より、第二の母であるダレンにしてもらえるほうが断然嬉《うれ》しい。

だってそれは、フェリシアはもちろんのこと、フェリシアが大切に思うダレンのことを、ウィリアムもまた大切に思ってくれている証《あかし》だと思うから。

(ウィルったら、素直《すなお》じゃないんだから)

ふふ、と自然と笑みがこぼれる。

「あ、だめだわ……フェリシアちゃん全然引いてない。似た者同士だわ、この子たち」

ダレンが天井《てんじょう》を仰《あお》いで何か呟《つぶや》いているが、フェリシアの耳には届かなかった。

「はあ。もういいわよ。引き継いであげるから、あたしからは一つね。フェリシアちゃんを泣かせたらミンチにして家畜《かちく》の餌《えさ》にしてやるから、覚悟《かくご》しとけよクソガキ」

「はは、言葉遣《ことばづか》いが元王族とは思えないほど汚《きたな》いですね、お義母さん」

「ぎゃあああやめてぇええ！　あんたにお義母さんなんて呼ばれたくないんだけど！」

「ではお義母さんへの挨拶も終わりましたし、私たちは王宮に帰ります」

「だから呼ぶなっつってんだろうが！」

ウィリアムとダレンが言い合う光景を、フェリシアは眩《まぶ》しいものでも見るように眺《なが》めた。

兄のアイゼンに対しても、ダレンに対してもそうだが、ウィリアムは意外と素直じゃない。

フェリシアに対してはあんなに直球で想《おも》いを伝えてくれるから、そうでないところを見るのは新鮮《しんせん》でかわいかった。

（あれがウィルなりの信頼《しんらい》表現なのかしら）

忘れがちだが、ウィリアムだって長年孤独《こどく》の中で生きてきた。彼はフェリシアに甘えていいと言ってくれるけれど、彼だって甘えたいときはあるはずだ。

これはフェリシアの憶測《おくそく》だが、きっと彼もまた、甘えるのが苦手な人なのだろう。そしてフェリシアの〝甘えられる人〟がウィリアムであるように、彼のそれはフェリシアだけなのだ。

だから、他《ほか》の人には上手に甘えられない。素直な態度を出せない。

そんな彼を愛《いと》しいと思うのは、不謹慎《ふきんしん》だろうか。

（でもそうね、これだけははっきりさせておかないと）

フェリシアはまだ言い合っている彼らを止めるように、繋《つな》がっていたウィリアムの手をさらにぎゅっと握《にぎ》った。

気づいたウィリアムの口が止まるのを確認《かくにん》してから、フェリシアは口を開く。

「ねぇ、ところでダレンが元王族って、どういうこと？」

正面のダレンが気まずそうに頬《ほほ》をひくつかせた。

「ああ、やっぱり。まだフェリシアに明かしていなかったんですね、ダレン殿」

「仕方ないじゃない！　こっちにもタイミングってもんがっ……てかあんた、何さらっとバラしてくれてんの⁉」

「フェリシアがシャンゼル王家に入った以上、これまでと違《ちが》って社交活動は活発になる。どこから耳に入るかわからないなら、いっそ本人のいる前で明かすほうがいいかと思いまして。それにこういうことは、本人から聞きたいものですからね。なのにいつまで経《た》っても明かそうとしないあなたに、きっかけを与《あた》えて差し上げようかと」

「あのねぇ！」

「そうね、私もそういうことは本人から聞きたいわ、ダレン」

フェリシアは笑顔で訊《たず》ねた。

「で、どういうこと？」

「やだやだフェリシアちゃん。その怒《おこ》り方こいつと一緒《いっしょ》じゃないの。そんなところ影響《えいきょう》されないでよぉ」

「あ、それはいいですね。まるでフェリシアが私色に染まったようで、独占欲《どくせんよく》が満た――」

「殿下《でんか》は黙《だま》っててください」

「「………」」

この場で誰が一番恐《おそ》ろしいのか、身を以《もっ》て知った男二人である。


カランカランと鳴る扉《とびら》を閉めて、フェリシアは外の空気を吸うように腕《うで》を伸《の》ばした。

行きは裏口から入ったが、帰りは表の診療所《しんりょうじょ》の扉から出る。

日はすでに地平線へ沈《しず》み始めていて、空はまるで咲《さ》き進むにつれ黄色からオレンジに変化していく紅花《べにばな》のような色合いだ。

「まったく、ウィルも知っていたなら教えてくれれば良かったのに」

フェリシアはムッと唇《くちびる》を尖《とが》らせそうになって、慌《あわ》ててそれを引っ込めた。

気づいたウィリアムが小さく笑う。

「ごめんね。口止めされていたわけではなかったんだけど、最初はダレン殿《どの》にも何か考えがあるのかなと思っていたから」

「結局ただ『遠慮《えんりょ》されたくなかったから』が理由でしたわね」

「フェリシアに距離を置かれることが怖《こわ》かったんだろう。わかるよ、その気持ちは」

「もう、二人して酷《ひど》いです。私がそんな薄情者《はくじょうもの》に見えますの？　そりゃあ出会ってすぐの頃《ころ》にそう言われていたら遠慮したかもしれませんが、この国に来たときにはもう、それくらいで遠慮するほど薄《うす》っぺらな信頼関係じゃなかったのに」

「うん。でも人は、大切なものに対してほど臆病《おくびょう》になるから」

ウィリアムは前を向いていたが、下から盗《ぬす》み見た彼の表情はどこか寂《さみ》しげだった。

「そうですわね」

だからフェリシアも、それ以上は何も言わない。

フェリシアだって同じだ。大切な人にほど嫌《きら》われたくなくて、迷惑《めいわく》をかけないように無意識に行動してしまうことがある。

終わってからそのことに気づくけれど、ウィリアムは、初めてそれを優《やさ》しく窘《たしな》め、自分には迷惑をかけていいと教えてくれた人である。

「でもまさかダレンが王妃《おうひ》殿下の末の弟だったなんて、今さら聞かされた私の身にもなってください！」

「ふふ。フェリシア、聞いたとき思考停止してたもんね」

「当然の反応ですわよ⁉　だから王妃殿下の主治医だったのかとか、だからロザリー様のことを知っていたのかとか、色々と腑《ふ》に落ちましたわ。ダレンがたまにウィルへの当たりが強くても、ウィルが許していた理由もこれでわかりました」

「あれはたまにかな？　結構顔を合わせるたびに強く当たられていると思うけど」

そこはノーコメントだ。そういえばいつだったか、ダレンがウィリアムに唾《つば》を吐《は》いていたような覚えもあるけれど、あえて掘《ほ》り返す必要はないだろう。

「まあ、そうだね。ロザリーはダレン殿の姪《めい》にあたるし、一時はダレン殿が彼女を看《み》ていたから、知っているのは当然だね」

「え、ロザリー様もダレンが!?」

ウィリアム曰《いわ》く、王妃の結婚《けっこん》を機にダレンは祖国を出て、このシャンゼルに来たという。もともと王族として型破りだったダレンは、早々に王室を離脱《りだつ》していたらしい。なるほど、だからフェリシアが平民になると言ったとき、やけに手続き関係に詳《くわ》しかったわけだ。

そんなダレンに主治医の話を持ちかけたのは、王妃自身だったとか。

「今ならもう大抵《たいてい》の話には驚《おどろ》きませんわよ。ここ最近で一番びっくりしましたもの」

二人は迎《むか》えの馬車が待つ場所まで、ゆっくりと歩く。馬車に辿《たど》り着いてしまえば楽しいデートもついに終わりだ。

それをわかっているからこそ、二人の足は自然と緩《ゆる》やかになっていた。

「じゃあこれは知っていた？　ついにフレデリクとサラが、想い通じ合って恋人《こいびと》になったってこと」

「えっ!?」

ぎゅんっと勢いよくウィリアムを見る。それは初耳だ。ダレンには悪いけれど、こちらのほうが衝撃《しょうげき》かもしれない。

「ふふ、普通《ふつう》に驚いてるね」

「だって！　まさかあの鈍感《どんかん》オブ鈍感のフレデリク様が、やっとかと思いますと！　え、うそ、サラ様にお祝いを伝えないと」

「うん、本当にそうなったらみんなで祝おうか」

「……え？　本当に、そうなったら……？」

「実は嘘《うそ》なんだ。ごめんね」

え、嘘？　何が？　頭が混乱する。できればもう一回言ってほしい。まさかこんなめでたいことを嘘だと言ったのか、この鬼畜《きちく》様は。

「いや、大抵のことは驚かないと言うから、純粋《じゅんすい》に揶揄《からか》ってみたくなって」

「からっ……酷い！　ウィルの馬鹿《ばか》！」

「ははっ、痛いよフェリシア」

仕返しとばかりにこれでもかと彼の腕をぎゅ～っとつねってやる。

なのに本人には効いていないのか、ウィリアムは笑うばかりだ。

「本当にタチが悪いですわ。よりによってあの二人を――」

と、そのとき。

「きゃ――っ！」

平和な夕方に似つかわしくない、甲高《かんだか》い悲鳴が耳に届いた。

早かったのはフェリシアとウィリアムに付いている護衛たちだ。少数精鋭《せいえい》の彼らは、瞬《しゅん》時《じ》にフェリシアとウィリアムのそばに寄り、囲むようなポジションを取る。

ウィリアムもフェリシアの腰《こし》を抱《だ》き寄せ、周囲を警戒《けいかい》した。

「魔物《まもの》だ、魔物が出たぞー！」

人々がパニックになりながら逃《に》げてくる。つまりフェリシアたちの前方で魔物が出たということだ。

「ライラ以外の二人で魔物の気を引け。ライラは避難誘導《ひなんゆうどう》。ゲイル、おまえが隙《すき》を見て浄《じょう》化《か》薬で対処しろ」

「「はっ」」

「了解《りょうかい》で～す」

魔物が出た混乱の中でも、ウィリアムは冷静だ。騎士《きし》たちに簡潔に命令を下すと、彼らもそのとおりに素早《すばや》く行動に移っていく。

フェリシアは魔物が出たと聞いただけで心に焦《あせ》りが生まれたけれど、ウィリアムが冷静でいてくれるおかげでだんだんと気持ちも落ち着いてきた。

（しっかりしなきゃ。こういうとき、私はパニックになっていい立場じゃないわ）

ウィリアムと一緒にいたいと願い、彼の隣《となり》にいることを選んだ。

好きになった人が王太子で、彼は近い将来、一国を背負う王となる。

そんな人の妻なのだから、無責任で、無関係でいてはならないのだ。

(今、私にできることは)

フェリシアはウィリアムの腕の中から抜《ぬ》け出すと、一目散に駆《か》け出した。

「フェリシア!?」

彼の制止の声が背中に届いたけれど、足は止めない。逃げ惑《まど》う人々に逆《さか》らって、その隙間を縫《ぬ》うように進む。

以前、これと似た状況《じょうきょう》に陥《おちい》ったことがある。そのときは兄と一緒にいて、兄がフェリシアを助けてくれた。無茶《むちゃ》をしようとするフェリシアを、兄が行くなと引き止めた。

それでも魔物に立ち向かったフェリシアを助けに来てくれたウィリアムは、その無謀《むぼう》さを怒《おこ》らなかった。

けれど。

(あのときは、運が良かっただけだわ)

今は手元に浄化薬もない。武器もない。戦えない自分が出しゃばるのは、逆に騎士たちを危険に晒《さら》すことになる。彼らはフェリシアを守るのが仕事だから。彼らのことを真に考えるなら、今、自分にできる最善は――。

フェリシアは一人の老婦人《ろうふじん》の許《もと》で足を止めた。

「大丈夫《だいじょうぶ》ですか、おばあさん。もしよろしければ私が手を貸しますから、一緒《いっしょ》に逃げましょう」

「ああ、すまんねぇ、お嬢《じょう》さん。わたしゃ足が悪ぅてね」

「いえ、お気になさらず。王宮の騎士がすぐに収めてくれますから、慌《あわ》てず逃げれば大丈夫ですからね」

フェリシアは老婦人の手を握《にぎ》ると、その小柄《こがら》な身体《からだ》を支えるように誘導する。

フェリシアのあとを追いついてきたウィリアムが、そんなフェリシアを見て一瞬だけ目を見開いた。

しかしすぐにいつもの表情に戻《もど》ると、老婦人に優しい声音《こわね》で話しかけた。

「ご婦人、よければ私が背負って逃げましょう。少しの間、知らない男が触《ふ》れることを我《が》慢《まん》していただけますか？」

「ああ、これは親切に。お願いしてもいいかね」

「もちろんです」

ウィリアムの視線がフェリシアに移る。頷《うなず》く彼に、フェリシアも頷き返した。

彼が老婦人を背負うと、フェリシアは二人に付き添《そ》うように今度は人の流れに沿って足を急がせる。

騒《さわ》ぎから離《はな》れた場所までやってくると、街の警備隊と出くわした。ウィリアムはそのうちの一人に老婦人を託《たく》す。

「フェリシア、君もこのまま彼らと一緒に逃げて」

「ウィルは？」

「私は騎士たちと合流する」

彼ならそう言うと思っていた。本音は「行かないで」と言いそうになるけれど、これから先も、こんなことはきっとたくさんあるのだろう。

そしてフェリシアは、足手まといにならないために、ここで見送らなければいけないのだ。

(どんなに不安でも、怖《こわ》くても)

彼が国を背負う、国を思う、王太子ならば。

(私は、信じて待たなきゃ)

ウィリアムは幼少の頃《ころ》から国のために生きてきた。だからフェリシア一人のためには生きられない。彼がそう話してくれたことがある。

けれど、国のためだけに犠牲《ぎせい》になることも、彼はしないと約束してくれた。これまで王子として生きてきた彼が、一人の男としてフェリシアに誓《ちか》ってくれたのだ。

「なら、私はここで待ってますわ。ここなら離れてますし、逃げ遅《おく》れている方がいるかもしれません。その方々の避難を手伝います」

フェリシアが強い意志をもって宣言すると、ウィリアムは何か言おうとして、でも口を閉じると、もう一度開いた。

「……わかった。君をここに置いていく私に反対はできないからね。でも危ないと思ったら逃げるんだよ。いいかい、君は国のためにも、怪我《けが》の一つだって負ってはいけないよ。私が独裁者にならないためのストッパー役であることを、忘れないで」

それが大げさでないことを知っているフェリシアは、しっかりと首を縦に振《ふ》った。彼がそれほど自分を大切に想《おも》ってくれていることを、言葉と行動で示してくれたから。

来た道を戻っていくウィリアムの背中を、フェリシアは祈《いの》るように見送った。


それからフェリシアは、避難誘導を手伝いながらウィリアムたちの帰還《きかん》を待った。何度も駆け出しそうになる足を縫い留めて、必死に己《おのれ》の心と闘《たたか》う。ただ〝待つ〟だけがこんなにも辛《つら》いことを初めて知った。

どうせなら共に戦えるように鍛《きた》えておけば良かったと思い始めた頃、ようやくウィリアムたちが戻ってきた。

「ウィル！」

我慢できずに走り寄ると、ウィリアムが優《やさ》しく受け止めてくれる。

「ウィル、怪我は？　してません？　どこか痛めたりとかは？」

「私は大丈夫。それよりフェリシアは？　掠《かす》り傷も隠《かく》さないでね」

「そんなの、一つもありませんわ」

互《たが》いの無事を確認《かくにん》し合って、同時に胸を撫《な》で下ろす。

「はいはーい、イチャついてるとこ失礼しま～す。みんなの人気者ゲイルさんのお通りですよ～」

次に騎士たちの無事や魔物がどうなったかを訊《たず》ねようとしていたフェリシアだったが、その前にゲイルによって遮《さえぎ》られる。

フェリシアの前に来たゲイルは、最近開発されたばかりの――ちょうどウィリアムとの話題にも上った――浄化薬銃《じゅう》を手に持っていた。

「王女さん！」

「な、なに？」

「これやっぱい！　マジですごい！」

興奮するゲイルに何事かと思ったら、どうやら今回の魔物には浄化薬銃を使用したらしく、その実戦における効果を熱く語り出した。

魔物は大きいイノシシが瘴気《しょうき》に取り憑《つ》かれたものだったようで、それが三頭もいたらしい。すばしっこい相手に騎士たちは苦戦を強《し》いられた――今までだったら。

「でもこれをびゅっと飛ばすだけでばたーんですよ！　薬が効くのに少し時間差がありましたけど、それにしたってこの楽さはマジでやばい。惚《ほ》れる。爽快感《そうかいかん》が半端《はんぱ》ない」

「え、本当？　本当に？　役に立ったの？　ちゃんと浄化《じょうか》できた？」

「もうばっちり。実戦でも全然使えますし！　他《ほか》の騎士さんも驚《おどろ》いてましたよ」

「うそっ……～ゲイル！」

「王女さん！」

「「やっ――」」

――たわね。やりましたね。

互いにそう喜んで、つい抱擁《ほうよう》を交《か》わそうとしたとき、ウィリアムが間に割って入ってきた。

「ちょっ、いたっ、いでででで」

「おまえは最近調子に乗りすぎだよ、ゲイル」

「なんで俺だけ⁉」

ゲイルの頬《ほほ》をウィリアムが引き伸《の》ばすようにつねっている。

その光景で我《われ》に返ったフェリシアは、周りを忘れて興奮した自分を恥《は》じた。

「抱擁くらい別にいいじゃないですか！　これは成功を分かち合う純然たる戦友的な何かですよ。殿下《でんか》みたいにあわよくばみたいな下心なんてない――」

「何か言った？」

「いえ、何も」

こうして、今回の騒ぎでは死人も建物の大きな損害もなく事態を収束できたことに、ウィリアムでさえ安堵《あんど》し、また油断していた。

王宮に帰ったフェリシアたちを待ち受けていたのは、聖女が連れ去られたという、誰《だれ》もが予想しない事態だった。

第二章 ⁂ 聖女救出大作戦です

「サラ様が教会に連れ去られたって、そんな……！」

　王都デートを終えて王宮に帰ってきたフェリシアたちを待ち受けていたのは、なんと聖女であるサラが教会の聖騎士《きし》に連れ去られたという知らせだった。

　聖騎士とは、教会が独自に編制した私設騎士のことである。彼らは教会を守ることが役目であり、聖女がいる場合は、聖女を守ることも彼らの役目の一つだ。

　そんな聖騎士が、サラを連れ去ったという。

　この緊急《きんきゅう》事態に対応すべく、ウィリアムはすぐに関係者を自分の執務《しつむ》室に集めた。

　サラが連れ去られたときに共にいた騎士二人と侍女《じじょ》はもちろんのこと、宰相《さいしょう》のゴードン、ゲイル、ライラ、フェリシア、そしてサラの筆頭護衛騎士であるフレデリクだ。

　騎士と侍女以外の関係者は、応接用のテーブルをU形に囲うように座っている。

　侍女は啜《すす》り泣いており、聖女の騎士は三人とも自分を責《せ》めるように眉間《みけん》にしわを寄せていた。

　特にフレデリクは、悔《くや》しさだけではない、怒《いか》りの炎《ほのお》を瞳《ひとみ》の中に燃やしている。

「大変申し訳ございません、殿下。俺がそばを離れたばかりに……っ」

フレデリクがもう何度目かになる謝罪を口にした。

U形の真ん中に座っていたウィリアムは、革張《かわば》りのソファの背もたれに背中を預ける。

「話はわかった。まずは状況《じょうきょう》を整理しよう」

そう言って、ウィリアムは最初に聖女付きの騎士たちと侍女に視線を移した。

「サラが王宮の庭園を散歩しているとき、侍女が一人と、そこにいる騎士二人が付いていた。そのとき街に魔物《まもの》が出たという知らせを別の騎士が伝えに来て、サラはフレデリクへの伝言を指示すると、君たちと共に現場に向かおうとしたんだね。そして王宮の門を出たところで、案内しますと言った聖騎士がしゃしゃり出てきたわけだ」

「仰《おっしゃ》るとおりです、殿下。待ち構えていたように馬車が目の前で止まり、我々が制止する間もなく聖女様を中に押し込めて去って行きました」

騎士の一人が答える。

次にウィリアムは、フレデリクに視線をやった。

「で、おまえはそのとき会議中だった」

「そのとおりです」

「その時間、おまえが会議中だったと知っている者は？」

「知っていたのは同じくサラ様付きの騎士や侍女ですが、知ろうと思えば、誰でも知ることのできる情報でした」

「ふうん」

ウィリアムはなんでもないことのように返事をしたが、このとき室内は少しだけざわついた。だって、それを確かめるということは。

(まさかウィル、内通者を疑ってるの?)

誰かが聖騎士と手を組んで、今回の事件を起こしたと考えているということだ。

「サラを攫《さら》うとき、聖騎士は何か言っていた?」

問われた騎士二人は、アイコンタクトをするように視線を交わし合ってから、そのうちの一人が代表して答えた。

「『聖女は教会にいる』と。それだけを」

意図はわかりません、と答えた騎士の顔には書いてある。フェリシアも同じだ。これでは誘拐《ゆうかい》犯がわざわざ人質《ひとじち》の監禁《かんきん》場所を教えてくれたようなものである。

そんな親切な誘拐犯がこの世にいるだろうか。

「ああ、なるほどね」

しかしウィリアムだけはその言葉を聞いて笑った。忌々《いまいま》しそうな表情ではあるけれど、意味を理解して喉《のど》の奥を鳴らしている。

「やられたね、ゴードン。確か例の件、明日司法庁に提出する手筈《てはず》だったよね?」

「はい。最短で出せという殿下の御《ご》命令がありましたので」

「仕方ない。ゴードンは今すぐ王立騎士団長の許《もと》へ行き、その提出を保留にするよう伝えてくれ。教会にはそれとなく抗議《こうぎ》文を頼《たの》んだよ」

「承知しました」

重そうに腰《こし》を上げたゴードンは、さっそく命令を遂行《すいこう》するため執務室をあとにする。

彼らにしかわからないやりとりに、他は一様にぽかんとしていた。

「つまり、聖女誘拐事件の目的はこういうことだったんだ」

ウィリアムの解説によると、フェリシアや騎士たちが苦労して集めた麻薬《まやく》や人身売買に教会が関《かか》わっているという証拠《しょうこ》を、王家が司法庁に提出しないよう牽制《けんせい》してきたらしい。

ウィリアムが先ほど言っていたように、王家は明日、その証拠を司法庁に提出し、教会を合法的に罰《ばっ》する予定だった。

そうなれば王家と対立する教会の権威《けんい》は地に落ち、王家の敵ではなくなる。

「でもサラを取られた以上、提出はできない。わざわざ『教会にいる』と言ったのは、その言葉が私へ報告されることを見込んでのことだろうね。そう言ってしまえば王家が教会に不利なことをしたとき、サラの命の保証はないと言外に突《つ》きつけてきたんだよ」

部屋の中がしんと緊張する。

サラを攫《さら》った相手が聖騎士だったため、おそらく乱暴には扱《あつか》われないだろうという甘えがこの場には漂《ただよ》っていたが、目的が別のところにあるとわかった今、深刻度が上がった。

フェリシアはちらりとフレデリクの様子を窺《うかが》う。

サラが攫われたにしては、予想より静かだ。王宮で知らぬ者はいないくらい、フレデリクのサラへの過保護は有名だ。だからもっと取り乱すと思っていた。

しかし予想とはだいぶ違《ちが》い、フレデリクは赤茶色の短髪《たんぱつ》を振《ふ》り乱すこともなく、俯《うつむ》いたままずっと微動《びどう》だにしない。

「とりあえず、これからの対応を指示するから、皆《みな》そのとおりに動いてくれ」

そう言ったウィリアムに、フレデリクを除く誰もが表情を引き締《し》めた。

「聖女付きの騎士二人と侍女は、いつもどおりを装《よそお》うこと。教会は聖女について何も公表していない。つまり国民は聖女が王宮にいるものと思っている。あちらがサラに何をするかわからない以上、その思惑《おもわく》に合わせてやろう」

「「かしこまりました」」

「ゲイルは王立騎士団第三小隊長の許へ行き、サラがどの教会にいるか突き止めるよう指示しておけ」

「了解《りょうかい》っす〜」

「そしてフェリシア」

「は、はいっ」

ここでまさか自分にも声を掛《か》けてもらえると思っていなかったフェリシアは、背筋をぴんと伸ばした。

ウィリアムはお得意の笑《え》みを貼《は》りつけると。

「君は部屋で待機。くれぐれも外には出ないように。庭園も今は我慢《がまん》してね」

「え……」

「ライラ、よろしく頼んだよ」

「御意《ぎよい》」

「じゃあここで一度解散。――ああ、フレデリクは残るように」

みんながウィリアムへ一礼し、それぞれの持ち場に戻《もど》ろうと執務室を出て行く。フェリシアだけが戸惑《とまど》ってもたついていた。

だってそうだろう。確かに自分にできることはないかもしれないけれど、なぜ強めに部屋待機を命じられたのか。これではフェリシアが勝手に無茶《むちゃ》をする常習犯のようではないか。その扱いを不服に思う。

(私、そこまで無茶をした覚えはないんだけど)

今日だって魔物が現れたとき、ちゃんと自分にできる範囲《はんい》を見極《みきわ》め、その中の最善を尽《つ》くした。無茶をして他《ほか》の人に迷惑《めいわく》をかけないよう、自分なりに考えて行動した。

と、そこまで思って、フェリシアは脳に何か引っかかるものを感じた。

ただ一瞬《いっしゅん》だったので、何が引っかかったのか、考えてもわからない。

（……サラ様、大丈夫《だいじょうぶ》かしら）

こちらが下手を打たなければ殺されることはないだろうが、心配は心配だ。何かしていないと落ち着かない。

せめてフェリシアにも、侍女《じじょ》たちと同じように「いつもどおりにしていてくれ」と言ってくれたら良かったのに。

（そりゃ、いつもどおりにって言われても、いつもどおりにしながらお茶会とかでサラ様の情報を集めたりしそうだけど）

女性の王侯《おうこう》貴族にとって、お茶会こそ戦場だ。特に独身者の集まりより既婚者《きこんしゃ》が集まるお茶会は、もう単なる談笑《だんしょう》の場ではない。ということを、フェリシアは結婚してから知った。

そこでは男性も知らない高度な情報交換《こうかん》が行われており、また根回しが行われている。

男性の中には「たかがお茶会」と侮《あなど》る者も多いが、彼女《つま》たちの根回しのおかげで政治家として生き残っている男性《おっと》は多い。

（サラ様は友人よ。友人のピンチに、私なりの方法で手助けがしたいだけなのに、なんで私だけ部屋待機なの……）

執務《しつむ》室を退出する際、じと目でウィリアムを睨《にら》めば――彼はフェリシアの言いたいことを理解しているのだろう――首を横に振ったあと、また作り笑顔で圧をかけてくる。
ため息をついたフェリシアは、仕方なく自分の部屋へと戻ったのだった。

最後にフェリシアとライラが退出してから、ウィリアムはずっと俯いているフレデリクに「座れ」と声を掛けた。

「いえ、このままで」

「いいから座れ、フレデリク。無理かもしれないが、パンくず一欠片《ひとかけら》分くらいは落ち着きを取り戻して、私の話を聞け」

けれどフレデリクは、落ち着くどころか勢いよく顔を上げ、一歩前に踏《ふ》み込んできた。

「これが落ち着いていられると思いますか⁉ 俺が！ 俺がっ、目を離《はな》した隙《すき》に、サラ様が……っ」

「おまえの気持ちはよく解《わか》るよ。だから『無理かもしれないが』と言ったんだろう。愛する者を奪《うば》われる苦しみを、私が知らないとでも？」

心の内を曝《さら》け出すように言えば、フレデリクがハッと固まる。こんな、己《おのれ》の弱い部分を部下に吐露《とろ》したことなど、ウィリアムは一度もない。

ただ、今のフレデリクの葛藤《かっとう》が痛いほど理解できるから、ついこぼしてしまった。

「私も同じだよ。もしフェリシアが誰《だれ》かに攫われたらと思うと、私もおまえと同じように冷静さを失うだろうね。相手を惨《むご》たらしく殺すことで頭が支配されそうだ。実際、彼女を失うことを恐《おそ》れて色々と手を回しているしね。まあとにかく、私が冷静さを失ったときはおまえが私を止めてくれよ。私がおまえを止めるように」

「殿下《でんか》……」

「手綱《たづな》は握《にぎ》ってやる。だから思う存分に暴《あば》れるといい。その代わり、私の命令を聞く理性だけは残せ」

するると、立ったままだったフレデリクが轟足《とどろあし》で右側へ回り、覚悟《かくご》を決めたようにソファに腰《こし》を下ろした。

「なんだか感慨《かんがい》深いね。まさか超《ちょう》が付くほど鈍感《どんかん》だったおまえが、それほど愛する人を見つけられたなんて。仔犬《こいぬ》の成長を喜ぶ飼い主の気分だよ」

「あの、殿下。それなんですが……おかげで少し落ち着きましたけど、一つ質問よろしいですか」

「なんだい？」

「いえ、その。なぜ俺の気持ちが、すでに知られているのでしょうか」

「……は？」

「いえ、先ほどから殿下が、サラ様を俺の愛する人と決めつけてお話しになるので、少々気になりまして」

「は？」

いまだかつてこれほど唖然《あぜん》としたことがあっただろうか。いや、ない。

秒速でどう答えるか考えて――面倒《めんどう》になって考えることを放棄《ほうき》した。

「さあ、どうしてだろうね。本当にサラがかわいそうになるくらい鈍感だね、おまえは。同じ鈍感でもフェリシアのほうがまだかわいく思えるよ。おまえに告白されたサラは泣いて喜んだだろうね。時にはフェリシアを巻き込むほど苦労していたようだから」

鬱憤《うっぷん》を吐《は》き出すように早口で言ってやれば、フレデリクはぽかんと口を開けたあと、急に顔を沸騰《ふっとう》させた。

「なっ、サラ様には自分の想《おも》いなんて告《い》ってません！　どうしてそう思われたのか知りませんが、殿下の勘違《かんちが》いです！」

「…………は？」

本日三度目の「は？」が出てしまった。物腰柔《ものごしやわ》らかい王太子の仮面のときでは、ありえない返し方だ。

しかし上司のそんな反応に気づくことなく、フレデリクは慌《あわ》てすぎて中腰で何かを言い訳している。

「そもそもサラ様は聖女ですよ。騎士《きし》の俺がそんな邪《よこしま》な想いをぶつけて良い御方《おかた》ではありません！　だいたいサラ様のような清廉《せいれん》で優《やさ》しくて慈愛《じあい》に溢《あふ》れた方が、俺のような剣《けん》を振るしか能のない野蛮《やばん》な男を好きになるはずがありません！　もし好きになるとしたら……それは――」

嫌《いや》な予感がして、ウィリアムはすかさず口を挟《はさ》んだ。

「言っておくけど、サラの想い人は私ではないからね」

「えっ」

「いまだにここで驚《おどろ》くおまえに驚きだよ、私は」

たまらず天井《てんじょう》を仰《あお》ぐ。諦《あきら》めにも似たため息を吐《つ》いた。

今は亡《な》きフレデリクの父親――前近衛《このえ》騎士団長の息子《むすこ》として生まれたこの男は、騎士としての英才教育を幼少の頃《ころ》から受けてきた。それは未来の王として厳しく育てられてきたウィリアムと同じような境遇《きょうぐう》だった。

だからこそ、同年代と遊べなかったウィリアムだが、己と似た境遇のフレデリクとはすぐに打ち解けることができたのだ。

前近衛騎士団長は自他共に厳しい人だったから、息子にも同様に厳しく、強くなること以外への関心を許さなかったと聞いている。

それを思えば、フレデリクのありえないほどの鈍感も納得《なっとく》できなくはないし、仕方ないなと手を差し伸《の》べてもやりたくなる。

「わかった。今考えている大きな作戦が成功したら、おまえはちゃんとサラに気持ちを伝えろ。こういうことは本人たちに任せて、外野が口を出すことではないと思っていたけれど、おまえの場合は例外だと私もようやく理解した」

「待ってください殿下、それとこれとは話が……っ」

「それとも、おまえの想いはその程度かい？」

「はい？」

「サラの気持ちが自分に向いていないからと、それで諦められるほど、軽い気持ちかい？ なら私も無理強《むりじ》いはしない。むしろそんな中途半端《ちゅうとはんぱ》な想い、サラには伝えるな」

彼女は本気でフレデリクのことを好いている。何度もめげずにフレデリクへアプローチしている姿も見てきた。

異世界という自分の生まれ育ったところとは異なる世界で――国が違うというレベルの話ではない過酷《かこく》な環境《かんきょう》で――それでもサラは、精一杯《せいいっぱい》自分の任された責任を理解し、全《まっと》うしようとしてくれている。

そんな彼女にウィリアムが報《むく》いるとすれば、何不自由ない生活を保障し、彼女を物理的にも精神的にも守ることだ。

サラが教会ではなく王宮にいるのも、最初はウィリアムの勧《すす》めに従っただけだろうが、今はもうサラ自身がそう望んでいるからだ。

望んだ理由がフレデリクにあることに、ウィリアムは早い段階から勘づいていた。

(だからこそ、中途半端は許されないんだよ、フレデリク)

心の中で友に語りかける。部下ではない、友としてのフレデリクに。

異世界の人間だからこそ、中途半端に関《かか》われば、それは結局双方《そうほう》が傷つく結末を迎《むか》えることになる。

実際に過去には、そうして悲劇を辿《たど》った聖女もいる。役目を終え、元の世界へ帰るかどうか悩《なや》んだ聖女と、彼女を引き止める覚悟を決められなかった聖女の恋人《こいびと》。

優柔不断《ゆうじゅうふだん》な男に振《ふ》り回され、国を救ってくれた英雄《えいゆう》であるはずの聖女は、失意のうちに元の世界へと帰っていった。

(だからフレデリク、おまえはいい加減向き合わないといけないんだ。サラの人生に責任を持つ覚悟を、おまえも持《も》たないといけないんだよ)

二人が幸せになるために。

でなければ、いたずらにサラを傷つけられないよう、ウィリアムはフレデリクの邪魔《じゃま》をしなければならなくなる。

(私だって進んで馬に蹴《け》られたいわけではないし、できれば友の恋は応援《おうえん》したいんだけれどね)

向かいに座るフレデリクをじっと見つめる。彼の想いが如何《いか》ほどか、見極《みきわ》めるために。

（ああでも、これが原因でフェリシアに嫌《きら》われたら……。フェリシア、サラとは仲がいいから）

フェリシアに「どうしてサラ様の恋を邪魔するんです？　ウィルなんて嫌い！」と言われるところを想像して、思わず視線が足元に落ちた。想像だけでこんなにショックを受けるのだから、できれば自分のためにもフレデリクには頑張《がんば》ってもらいたいところである。

「殿下、申し訳ありません」

そこでいきなり謝罪をされて、柄《がら》にもなくウィリアムは肝《きも》を冷やした。頭の中でフェリシアに「嫌い！」と言われる自分が再生される。

「俺は、本当に剣を振ることしか知らない男なので、殿下がなぜ諦めると思われたのか、考えてもわかりませんでした」

「……うん？」

「俺はサラ様を諦めるつもりは毛頭ありません。ですが、サラ様に俺の想いを押しつけるつもりもないんです。俺はただサラ様が幸せになるために、俺の全力を尽《つ》くしたいだけです。そのために俺の想いが邪魔であるなら、俺は伝えるつもりはありません」

なるほど、とウィリアムは思う。

（サラはフレデリクの、こういう真っ直《す》ぐなところに惹《ひ》かれたんだろうね）

右も左もわからない異界の地で、誰《だれ》よりも真っ直ぐに、優しく手を引いてくれた男。真面目《まじめ》で清廉潔白《けっぱく》。まるであの男を彷彿《ほうふつ》とさせる――フェリシアの従兄《いとこ》、テオドール。

（フェリシアがもし聖女として召喚《しょうかん》され、サラと同じような境遇だったら、彼女は私ではなく従兄殿《どの》を選んでいたかな）

サラがそうだったように。純粋《じゅんすい》で、真っ白で、なんの打算もない想いをもって大切にしてくれるような男を、彼女は好きになっただろうか。

自分のように、醜《みにく》い執着《しゅうちゃく》で縛《しば》らないような男を。

（たられればの話ほど非生産的なものはないと、知っているのにな）

フレデリクに気づかれないよう、自嘲《じちょう》的な笑《え》みをこぼした。

ウィリアムが今さらテオドールを気にするのは、心に生じてしまった染《し》みのせいだ。

ウィリアムの元家庭教師であり、トラウマの元凶《げんきょう》であるアルフィアスと対峙《たいじ》したとき、彼が放った言葉を忘れられないでいる。

あの男は、フェリシアを指してこう言ったのだ。

――〝異世界からの来訪者〟

フェリシアの前では、その言葉を気にしている素振《そぶ》りなんて一切《いっさい》見せなかったけれど。

（もし、フェリシアが本当に、異世界と関わりがあるのなら）

そうではないと思いたいのに。

悲しいことに、心当たりがある。

――〃えっと、ダレンからは、さっきのやり方を教わったので〃

過呼吸を起こしたロザリーを助けるため、フェリシアはウィリアムの知るペーパーバッグ法（袋《ふくろ》を口元に当てて行う応急処置）とは違《ちが》うやり方を実践《じっせん》した。

フェリシアはそれを医師であるダレンに教わったと言っていたが。

（ダレン殿は「ペーパーバッグ法以外の処置なんて、よく知ってたわね？」と言っていた。つまりあれは、フェリシアの嘘《うそ》）

いつだったか、サラに聞いたことがある。サラの世界には浄化《じょうか》の力なんて不思議な力はないけれど、代わりに科学や医学がこの世界より発展しているのだと。

それが本当なら、フェリシアの処置も納得できる。そして彼女が嘘をついたことも腑《ふ》に落ちる。

（ライラからの報告だと、そのサラとよく見慣れない言語で手紙なんかをやりとりしているとも聞いた）

そこで妙《みょう》な胸騒《むなさわ》ぎがして、ライラに覚えて書き写せと命じて見たものは、どう読んでもこの世界にはない言葉だった。

そして。

――〃この先何があっても、絶対どこにも行かないって、約束してくれませんか〃

いつだったか、フェリシアに言われたセリフだ。あのときの彼女は必死に何かを訴《うった》えかけようとしていたけれど、その割に何も言おうとはしなかった。

思えば、このときが初めてだったかもしれない。フェリシアに対してなんとなく違和感《いわかん》を覚えたのは。

彼女が何か隠《かく》している。そう感じたのは。

でもその違和感も、嘘も、ウィリアムはあえて何も聞いてこなかった。

それらを暴《あば》いてしまえば、フェリシアが自分の手の届かない世界へ消えてしまうのではないかと恐《おそ》ろしかったから。

あの瞬間《しゅんかん》だけ、らしくもなく臆病風《おくびょうかぜ》に吹《ふ》かれてしまった。

(でもそれがどうした。フェリシアがどんな嘘をつこうとも、何を隠していようとも、私のやることは変わらない)

彼女を幸せにする。彼女と幸せになる。

その覚悟《かくご》を、自分はとっくにしていたはずだ。

(それに、フェリシアは意味もなく嘘や隠し事をするような人間じゃない。それはそばにいる私が一番よく知っている)

だから。

「おまえの考えはわかった。サラが幸せになるなら、おまえはそれでいいと言うんだね？」

フレデリクが少しの間を置いてから頷《うなず》いた。

「そう。でもフレデリク、私のような考え方もあるのだと、頭の片隅《かたすみ》に入れておいて。私はね、フェリシアが他《ほか》の誰かの手で幸せになるところは見たくないんだ。私が彼女を幸せにする。彼女と共に幸せになりたい。私はそう考えるんだよ。もちろんおまえの考え方を否定しているわけではないけれど、おまえはもう少し、私みたいに貪欲《どんよく》になってもいいと思うよ」

ウィリアムはフレデリクのそばに寄ると、手のかかる弟に接するように赤茶色の髪《かみ》をくしゃりと撫《な》でた。実際はフレデリクのほうが年上だけれど、精神的には弟のように思っている。

「だからもし、フェリシアがサラと同じように異世界から来た存在なら、私は自分の存在が彼女を引き止める材料になれるよう、そのために尽くすよ」

たとえどんな手を使っても、彼女の本心とは異なっても、彼女を引き止めようとするだろう。

さすがにそこまでは言葉にしなかったけれど、フレデリクには届いたはずだ。

ウィリアムの覚悟が。それを教えた理由が。

「さて、行こうかフレデリク。そろそろ一つ目の作戦結果が出ているだろうからね」

腰《こし》を上げて頷いたフレデリクの顔つきは、もうウィリアムの心配するものではなくなっ

ていた。

フェリシアは自室で待機を命じられたあと、とりあえず言われたとおりに部屋に戻《もど》り、ジェシカと共に頭を悩《なや》ませていた。

サラには色々と助けてもらったのだ。たとえ実働部隊として力になれなくても、別の方法で力になれる可能性はある。

「人は考えることをやめたらそこで終わりだって、誰かの名言にあった気がする！」

「かっこいいですフェリシア様！　及《およ》ばずながら、私もお手伝いします！」

そうして王都の地図と大きめの白紙を持ってきてもらい、二人でペンを片手に「どの教会にサラ様がいるか」や「サラ様救出大作戦」と銘打《めいう》った思いつきの作戦を書き込んでいった。

ライラは無言でそれを見守っていたけれど、俄《にわか》に扉《とびら》の外が騒がしくなったことに気づき、一人様子を見に行ってくれる。

彼女が扉をわずかに開ければ、くぐもっていた外の声がクリアになった。

「殿下《でんか》、アル……ですが、まだうご……は、ありま……」

　それでもはっきりとは聞き取れない。気になって扉を一瞥《いちべつ》すれば、扉の隙間《すきま》からウィリアムらしき人物がちらりと覗《のぞ》いた。

　フェリシアは反射的に二度見する。

「わかった。それなら問題ない。奴《やつ》の城にいてくれるなら好都合《こうつごう》だ。必ず引きずり出してやるつもりだから、それまで目を離《はな》さないようにと伝えてくれ」

「はっ」

　やはりウィリアムの声だ。彼の声はよく通るのか、小さくてもしっかりと聞き取れた。

　フェリシアは手を止めて扉に駆《か》け寄った。

「ウィル、どうしたんですの。私にできること、何かあるんですか？」

　逸《はや》る気持ちのまま問えば、彼が苦笑《くしょう》する。

「君のそんなところが好きだよ、フェリシア」

「はい!?　なんで今そんな話になりました!?」

「いや、君を取り巻く環境《かんきょう》や状況《じょうきょう》が変わろうと、君は変わらないなと思って。気にしないで」

　気にするなと言われても、それは無茶《むちゃ》な話だろう。気になるような話をしたのは彼のほうだ。

「もしかして、私に何か隠してます？」

「どうして？」

「いえ、なんとなく焦《あせ》ってるように見えたんですけど……うーん、違います？」

フェリシアは顎《あご》に手を当てて、ウィリアムの顔を覗き込むように凝視《ぎょうし》する。

「あっ、でももちろん、言えないことなら無理して言わなくても大丈夫《だいじょうぶ》ですからね。お仕事のこともあるでしょうし」

「焦っている……そう、フェリシアにはそう見えるんだ？」

こくりと頷くと、ウィリアムはフェリシアの頭を優《やさ》しく撫でてきた。彼のこの大きな手に撫でられるのは気持ちいいから好きだ。大切にしてくれているのが伝わってくる。

「だってさ、フレデリク。おまえはどう思う？」

ウィリアムが振《ふ》り返った先には、先ほどウィリアムに居残りを命じられたフレデリクがいた。

さっきは顔を俯《うつむ》けていて表情がわからなかったけれど、今の彼は何かを決心したような強い眼差《まなざ》しをしていた。

「申し訳ありません。俺にはいつもどおりの殿下にしか見えません」

「そっか。じゃあ私は、フェリシアに隠し事なんてできないね」

ウィリアムが眩《まぶ》しいものでも見るように目を細める。それは先ほどの「私に何か隠してます？」に対する答えだろうか。

（じゃあやっぱり、焦ってるの？　何に？）

訊《たず》ねる前に彼が断りを入れて部屋へと入ってきたため、フェリシアはその機会を失った。なんだかうまく躱《かわ》されたような感じだ。

シルクで布張りされたソファに座ると、さっそく彼が切り出した。

「ここに来る前にね、騎士棟《きしとう》に寄ってきたんだ。あとゴードンのところにもね。予想はしていたけれど、予想以上に早い返事が教会から届いていた」

それは王家が非公式に出した抗議文《こうぎ》に対する返事だと言う。

教会本部に持っていった者曰《いわ》く、その場でこの返事を渡《わた》されたというのだから、王家が抗議文を出してくることを見越《みこ》してあらかじめ用意していたのだろう。

「早い話、向こうはサラを解放するつもりはないようだ。『聖女はそちらが責任を持って預かると言ったはずだ』そう返ってきた。つまり、あくまで自分たちは聖女を攫《さら》っていないという立場を取るみたいだね。本当にふざけた話で――……フレデリク、握《にぎ》った拳《こぶし》を開け」

ウィリアムの突然《とつぜん》の言葉に、この場の誰《だれ》もがウィリアムのそばに立つフレデリクに視線を集める。

フレデリクの額から一筋の汗《あせ》が流れ落ちた。険しい表情の彼は、開いた自分の手を見つめている。そこに赤い筋が見えて、フェリシアはフレデリクの怒《いか》りのほどを知った。

「まったく、落ち着いたと思った矢先に何をしているんだい。さっそく手綱《たづな》を握る羽目になるとは思っていなかったが？」

「……申し訳ありません」

ウィリアムは一息つくと、何事もなかったように話を続けた。

「とまあ、そういうわけで、教会にサラを返す気はない。これも予想していたとおりかな。でももう一つだけ、こちらには予想していることがある」

手当てはしなくていいのか、とフェリシアは思ったが、当のフレデリクも何事もなかったように控《ひか》え直すので、仕方なく全《すべ》ての言葉を呑《の》み込んだ。

「教会にはね、老害を守る聖騎士は常駐《じょうちゅう》しているけれど、聖女の世話をする侍女《じじょ》やメイドは常駐していないんだ。先代聖女が死去したとき、次の聖女は王家の預かりとする約定を無理やり交《か》わしてやったから、必要のなくなった聖女の世話係を教会はすぐに解雇《かいこ》している。これがどういうことか、わかるかい、フェリシア」

指名されて相槌《あいづち》を打った。

「教会はすぐにでも――いえ、これが計画的なことなら、サラ様の世話係をすでに募集《ぼしゅう》している可能性が高い、ということですわね？」

「そのとおり。だから騎士たちには、最近そういう動きのあった教会を優先的に当たるよう指示している。そこでお願いなんだけど」

「行きます」

「うん、まだ何も言っていないね」

「行きます。行かせてください、ウィル。だってそれをお願いするために、ここに来てくれたんですよね？」

「まあ、それはそのとおりなんだけど」

フェリシアはぱあと瞳《ひとみ》を輝《かがや》かせた。友人のために自分にもできることがある。それが嬉《うれ》しかった。

「そこまで喜ばれるのも複雑だけど、仕方ない。君にお願いしたいのは、教会に潜入《せんにゅう》してサラと接触《せっしょく》すること。そしてサラの監禁《かんきん》場所をフレデリクに伝えること。この二点だ」

「わかりましたわ」

「もちろんライラも一緒《いっしょ》に行かせる。本当は女性騎士にお願いするつもりだったんだけど、女性騎士は絶対数が少ない上に他《ほか》の仕事で出払《ではら》っていてね。君に甘える私を許してくれる？」

「許すも何も、私は嬉しいですわ。サラ様のために私にもできることがあるんですから」

「でももし潜入がバレて捕《つか》まったら、そのときは無茶して自力で脱出《だっしゅつ》しようなんて考えないでね。私が必ず助けに行くから、大人しく待っているんだよ？」

「大丈夫ですよ。私だってできない無茶はしませんわ。それに、そんな最初から捕まる前提で話さないでください。きっとサラ様の許《もと》にフレデリク様を案内してみせますから」

「……うん、そうだね」

「フレデリク様も、絶対サラ様を取り返しましょうね！」

「はい。よろしくお願いします、フェリシアおう——いえ、もう王女ではないですね。妃《ひ》殿下《でんか》」

思わぬくすぐったい攻撃《こうげき》を食《く》らい、フェリシアは誤魔化《ごまか》すように微笑《ほほえ》んだ。

しかしここで、あれ、と唐突《とうとつ》にある違和感《いわかん》を思い出す。これはあれだ。サラが攫われたと報告を受け、そのあと部屋で待機するようウィリアムに告げられたとき、ふと感じた違和感だ。

あのときは摑《つか》めなかったそれが、ここにきて急に霧《きり》が晴れたように姿を現し始める。

自分を含《ふく》めたこれまでの会話が、脳内で再生されていく。

——〝魔物だ、魔物が出たぞー！〟

——〝街に魔物が出たという知らせを別の騎士が伝えに来て〟

——〝案内しますと言った聖騎士がしゃしゃり出てきたわけだ〟

——〝これが計画的なことなら〟

ぐるぐると反響《はんきょう》するそれらが、やがて一つの疑問に集約した。

「あの、そういえばどうして魔物が出るって、教会は知っていたんですか……？」

フェリシアがこぼした言葉は、部屋に痛いくらいの沈黙《ちんもく》を落とした。それは悍《おぞま》しい仮説を頭に過《よぎ》らせるには十分なきっかけだったと言えるだろう。

なぜなら魔物は、動物に瘴気《しょうき》が取り憑《つ》いた状態のことを言う。瘴気は自然発生的なもので、そこに意思はない。

（なのにどうして魔物が発生してすぐに、聖騎士が王宮に来られたの？　タイミング的にどう考えても前もって知っていたとしか思えないわ）

でもそれは、魔物と教会に何かしらの繋《つな》がりがあるということを示唆《しさ》している。

（教会と魔物。……確かアルフィアスは、教会と繋がりがあったわね。そして私に瘴気を取り憑かせようとしていた）

もし、アルフィアスが瘴気を操《あやつ》れるというのなら。

教会がその力を利用しているというのなら。

聖騎士のタイミングも何らおかしいことではなく、全ては教会の手の内という可能性が出てくる。

それはなんて恐《おそ》ろしいことだろう。魔物が、実は教会によって生み出されていたかもしれない、なんて。

「フェリシア」

悪い思考に沈《しず》んでいこうとするフェリシアの意識を、ウィリアムの優《やさ》しい声が引き止めた。

知らず足元を映していた瞳を、ゆっくりと彼へ向ける。

「大丈夫《だいじょうぶ》だよ。その懸念《けねん》も、ちゃんと考慮《こうりょ》している」

我《われ》知らず詰《つ》めていた息を、フェリシアはゆっくりと吐《は》き出した。本当にさすがと言うべきか。フェリシアが今やっと気づいたことを、ウィリアムはすでに気づいていて、なおかつ対策まで練っているようだ。

これほど頼《たの》もしい人を、フェリシアは彼以外に知らない。

サラの連れ去られた教会がわかるまで、フェリシアはひとまず準備に勤《いそ》しむこととなった。


判明したサラの居場所は、なんとトレマ区にある教会本部だった。

ウィリアムの読みどおり、教会は紹介《しょうかい》制で聖女の世話係を募《つの》っていた。大々的に募集しなかったのは、やはり聖女の存在をいまだ王家にあると思わせたいからだろう。

（でもそう思わせることで得られる教会のメリットって、なんだろ？）

フェリシアは、教会の信者であるという男爵《だんしゃく》と子爵の協力の下《もと》、ライラと共に教会本部に潜入していた。

ウィリアム曰く、様々な事態を想定して、以前から教会の信者に伝手《つて》を作っていたらしい。そういえば従兄《いとこ》のテオドールがシャンゼルに来たときも、兄の命令で教会に友人を作りに来たと言ったテオドールに、彼は人を紹介していた。

他に商人の伝手もあったはずだから、きっと色々なところに彼の言う〝様々な事態を想定した〟伝手があるに違《ちが》いない。

「へぇ、あなたはバーリントン男爵の親戚《しんせき》ですか。彼はとても模範《もはん》的な信者でしてね、毎週ある礼拝も欠かさず来てくださるんです。その方の紹介なら、安心してお任せできそうです」

見た目は三十代前半の男が、人好きのする顔で微笑んだ。

チョコレートコスモスのような色合いの髪《かみ》に、垂れた目尻《めじり》が特徴《とくちょう》的だ。ラウンドの眼鏡がよく似合っている。

黒のカソックを着用していることと、本人の自己紹介から、彼がここの司祭の一人であることは判明している。

フェリシアは今、ライラと離《はな》れて一人面接を受けていた。もちろんフェリシアがフェリシアだとバレないよう、茶色のカツラをかぶり、名前も馴染《なじ》み深い「エマ」と名乗っている。

レナードと名乗ったこの司祭によると、世話係決めは難航しているようだ。

というのも、教会という組織全《すべ》てが悪事に手を染めているわけではなく、それはごく一部の者だけのようだからだ。

よってサラが教会にいることを知る者は関係者のみで、この世話係の選考も、上司から頼まれた〝とある国のお姫様《ひめさま》〟のための世話だと聞いている者がほとんどだった。

お姫様と聞いて、上・中級貴族ならまだしも下級貴族は萎縮《いしゅく》してしまうのか、なかなか人が集まらなかったという。そして教会は、上級貴族令嬢《れいじょう》を世話係に任命しようとはしなかった。

（それもそうよね、上級貴族は王室派が多いもの。どこまで王家の息がかかってるかわからない状態で、さらには事情も知らない司祭がいるなか、下手なことはできなかったのね）

フェリシアの勘《かん》では、レナードはシロと見て問題ないと思っている。

なぜなら。

「本当にあなたが来てくれて助かりました。いきなり司教に高貴な方の世話係探しを任命されたのはいいのですが、来るのは野心の強いお嬢さんか癖《くせ》のあるお嬢さんか逆に何も考えてなさそうなお嬢さんばかりで……。相手は高貴な御方《おかた》って知ってるでしょ？　そう募《ぼ》集要項《しゅうようこう》にも書きましたよね？　お願いだからもっとまともな人寄越《よこ》して!?　って何度思ったことか。どうして私がこんなこと……ただでさえ魔物《まもの》が増えて仕事も増えてるのに、これだから中間管理職は……！」

ぶつぶつと鬱憤《うっぷん》を晴らすように口から文句が出てくる。この面接時、彼が何度か見せたものだ。

（たぶん無意識に出てるのよね。なんか、同じように愚痴《ぐち》を言ってた前世のお母さんを思い出すわ。教会も大変なのね……）

ちょっぴり同情してしまったフェリシアである。中間管理職の辛《つら》さは世界が変わろうと変わらないのかもしれない。

「じゃあさっそくですが、あなたの仕事について説明しますね。実際に働いてもらうのは明日からになります。あなたの他《ほか》にもすでに雇《やと》った世話係がいますので、彼女たちと協力してください。またこの仕事は住み込みです。外出も許可制ですが、これらは募集要項にも挙げていましたので、当然ご理解いただけていると思っております」

「ええ、問題ありません」

「安心しました。ちょうど昨日面接した方は『え～、聞いてませんそんなこと。パパが行けって言うから来たのに、こんな何もないところに住んで外にも自由に出られないなんて、無理です～』と言ってさっさと帰りやがりましたからね。ありえます？　こっちだって

『無理です〜』なんですよ。条件も読めない人が応募してくるんじゃないっ。誰だパパって。そのパパ連れてきなさい。一から教育し直してやりますから！」

また始まった。この司祭は大変愉快《ゆかい》な人物のようだ。声真似《こえまね》の完成度はわからないが、似せようとわざわざ高めの声を出すあたり、噴《ふ》き出さなかった自分を褒《ほ》めてあげたいと思ったフェリシアだ。

（なんか緊張感《きんちょうかん》がなくなるというか、和《なご》むわ、この人）

和んでいる場合じゃないことは、重々承知しているけれど。

彼には悪いが、フェリシアは昨日面接に来たという女性に感謝した。定員オーバーで世話係の募集自体打ち切られてしまったら元も子もないところだった。

「ちなみに世話係といっても、基本は部屋の掃除《そうじ》、洗濯《せんたく》、食事の配膳《はいぜん》など簡単なものばかりです。入浴や支度《したく》の手伝いは望まれたらで構いません。どうやら自分でやりたい御方のようで……高貴な方にしては珍《めずら》しいですが、なんでも一人でやりたがるお転婆《てんば》期なのでしょうかねぇ」

「お転婆期ですか」

つい苦笑《くしょう》してしまった。そうなると、フェリシアもお転婆期真っ最中ということになる。

さすがに着替《きが》えはジェシカに手伝ってもらうが——一人では着られないドレスが多いため——入浴は必死に頼み込んだ結果、基本的には一人でしている。

やはり前世の記憶《きおく》と、祖国でも姫として扱《あつか》われなかったせいで、人に肌《はだ》を見られることに慣れていないからだ。よってサラの気持ちはよく解《わか》る。

「といっても、心配はありません。私はお会いしておりませんが、人柄《ひとがら》に問題のあるような方だとは伺《うかが》っておりませんので。ちょっと変わってるだけでしょう」

この司祭は、本当に、折に触《ふ》れて毒舌《どくぜつ》を交ぜてくるのはなんなのだろう。

フェリシアは思う。

(私、この方好きだわ)

もちろん人として。このあけすけな物言いがツボかもしれない。

それからは教会における生活のルールや注意点、貸与《たいよ》されるというお仕着せについての話があり、フェリシアの面接はつつがなく終了《しゅうりょう》した。

「では、明日からよろしくお願いしますね」

「はい、よろしくお願いいたします、レナード司祭」

焦《あせ》るな、と自分に言い聞かせて、フェリシアは教会本部をあとにした。

尾行《びこう》がないことを離れた位置にいる騎士《きし》たちに確認《かくにん》してもらって、フェリシアは無事に王宮に帰ってきた。

帰った途端《とたん》、どこから聞きつけたのか、ウィリアムが玄関《げんかん》ホールで抱擁《ほうよう》と共に出迎《でむか》えてくれる。

「おかえりフェリシア。何事もなさそうで良かった」

「ただいま、ウィル。ええ、面接だけですもの。何もありませんでしたわ」

彼の後ろには顔色の悪いフレデリクが控《ひか》えていて、フェリシアは彼を安心させるように微笑《ほほえ》んだ。

「無事に合格して、さっそく明日から来てほしいと言われましたの。ですから、大丈夫《だいじょうぶ》ですわ」

フレデリクの顔にわずかな安堵《あんど》の色が広がる。きっと彼が一番やきもきしているだろうに、なんとかそれを抑《おさ》えているのだから心的疲労《ひろう》は推《お》して知るべしだ。

「というわけですから、明日から行ってきますね」

「うん、頑張《がんば》ってくれてありがとう。明日に備えて今日はもう休んで。私も今日は早めに仕事を終わらせるから」

ちゅ、と額に落ちてきた唇《くちびる》に、意思に関係なく頬《ほほ》が赤く染まる。

こんなときに何するんですか、という文句は、しかしウィリアムの微笑みを見て呑《の》み込んだ。

それはいつもの外面《そとづら》用の笑《え》みではあったけれど、まるでフェリシアに何かを訴《うった》えるように、紫《むらさき》の瞳《ひとみ》だけが揺《ゆ》れていた。

そのあと無事にライラも戻《もど》ってきて、彼女もまた合格したことを聞く。普段《ふだん》は無口無表情の彼女なので実は少しだけ心配していたのだが、それも杞憂《きゆう》だったようだ。

『王太子殿下《でんか》が経歴を詐称《さしょう》してくださったので』とは、合格を喜んだフェリシアに向けてライラが放った言である。

ライラは良家の子女の侍女《じじょ》を務めたことがあるという設定で面接を受けたらしく、面接時の司祭はその一点に押し負けて決めてくれたという。

「でしたら私にもその経歴を付けてほしかったです」

面接なんて前世ぶりだったフェリシアは、これでも緊張したのだ。

夜、本当に早く仕事を終わらせて夫婦《ふうふ》の寝室《しんしつ》にやってきたウィリアムに、フェリシアはそう文句を垂れた。

「フェリシアには必要ないよ。そんな小細工《もの》がなくても、君なら合格すると確信していたからね」

仕事用のシャツやベストなどを脱《ぬ》ぎ、ナイトガウンに着替えたウィリアムは、広いベッドの縁《ふち》に腰掛《こしか》けながら話す。彼の就寝姿は寝室を同じにしたときに初めて目にしたけれど、フェリシアにとってこれほど対応に困るものもなかった。

通常時でさえ、ふとしたときに色気を感じることがあるのに、夜の無防備な姿はどこか気怠《けだる》げに見えて、彼の色香《いろか》を一層引き立てている。もともと自分の外見に自信のないフェリシアだが、さらに自信をなくさせてくるのがこの夫だ。

「ところでフェリシア、寝《ね》ないの？」

「うっ」

フェリシアはくつろぎ用のソファで肩《かた》を跳《は》ねさせた。

平気な顔をしてベッドに入るには、まだ心の準備が整っていない。でもこのままでいいわけがないことは自分が一番わかっている。

「ああ、それとも、私の迎えを待っているのかな」

「む、迎え？　いえ、そんな」

「また抱《だ》きかかえて運んであげようか？」

「待ってませんから結構です！」

勢いよく立ち上がり、俊敏《しゅんびん》な動きでウィリアムの反対側へ回ると、フェリシアはさっとベッドに潜《もぐ》り込む。かなり端《はじ》っこに寄っているが、これくらい大目に見てほしいというものだ。

そんなフェリシアをくすりと笑ったウィリアムは、彼もまた同じように横になる。布の擦《こす》れる音だけで、もう心臓がどうにかなってしまいそうだ。ゆっくりと近づいてくる彼は確信犯だろうか。徐々《じょじょ》に近くなる距離《きょり》を背中越《ご》しに感じることが、こんなにも緊張するものだとは思わなかった。

「ほら、そんな端《はし》にいないで。もっとこっちにおいで」

そろりと彼の方へ寝返りを打てば、蕩《とろ》けるように甘い瞳と目が合う。

内心で悶《もだ》えたフェリシアは、己《おのれ》の心と闘《たたか》ったあと、意を決してもぞもぞと動いた。

初夜は自分のせいでおあずけとなっているから、せめてそれ以外では彼に応《こた》えたいと思う。

（それに私、嫌《いや》じゃないもの）

ただただ緊張して、恥《は》ずかしくて、どうすればいいのか混乱してしまうだけで。

ウィリアム自身を拒絶《きょぜつ》しているわけではない。誰《だれ》よりも信頼《しんらい》できて、頼《たの》もしい彼の腕《うで》の中に、フェリシアだって囚《とら》われたいと思っている。

その逞《たくま》しい腕の中で眠《ねむ》りにつける幸福は、緊張してなかなか寝付けないことはあるけれど、それに勝《まさ》る心地《ここち》好《よ》さがあることも知っている。

「ふふ、偉《えら》いね。なんだか子猫《こねこ》を手なずけているような気分になってくるな」

「……私は猫じゃないですわ」

「わかっているよ。本当に猫だと思っているなら、こんなことはしない」

顎《あご》を軽く持ち上げられて、触《ふ》れるだけの優《やさ》しいキスが降ってくる。一度離《はな》れると、間近で紫の瞳がいつにない熱を孕《はら》んで見つめてくるのが見えた。

目を閉じたのは、無意識だ。

それを合図としたように、今度は先ほどよりも強めに唇が触れてくる。応えるように自《みずか》ら顔を少しだけ上げた。

けれどそのとき、下唇をぺろりと舐《な》められて、驚《おどろ》いたフェリシアは閉じていた目を開く。

悪戯《いたずら》な舌先に翻弄《ほんろう》されながら、彼の吐息《といき》の熱を感じる。

「ウィ、ル……っ」

「は……フェリシア」

余裕《よゆう》のなさそうな掠《かす》れた声が、フェリシアの耳を侵《おか》す。

「……ル、待っ、て。息が……っ」

そう懇願《こんがん》してやっと、口内を這《は》い回る熱が引いていく。

フェリシアはなんとか肩で息を整えるけれど、ウィリアムのほうは呼吸に乱れはない。

ぎゅうと全身を抱きしめられて初めて、フェリシアは彼の異変に気がついた。

「あの、ウィル？　どうかしたんですか？」

「………………」

彼は答えない。抱きしめる力も変わらない。

フェリシアは宥《なだ》めるようにウィリアムの背中に手を回した。彼はぴくりと反応したが、
それだけだ。

しばらくその状態が続くと、やがてウィリアムがぽつりとこぼした。

「いきなりあんなことして、ごめんね」

あんな、というのは、触れるだけではないキスのことだろう。

確かにびっくりしたけれど、それは謝ることではないとフェリシアは思う。だって。

「私は嫌じゃありませんでしたわ。ですから、そんな落ち込んだ声で謝らないでください」

そんな、叱《しか》られた子どものようなか細い声で。

あれは別に、二人の関係なら悪いことではないのだから。

「ただちょっと、息とか、心臓とか、長いと死んじゃいそうと言いますか。できれば息の仕方とか、諸々《もろもろ》のやり方を教えてもらえると、私としては助かるかなと……！」

つまりもう少し手加減してほしいです！　と心の中で付け足しながら主張する。最後のひと言を口から出さなかったのは、フェリシアなりに反省している表れだ。

ただでさえ初夜を完遂《かんすい》できなかったのだから、手加減までしてほしいなんて酷《こく》なわがままを彼に言うつもりはなかった。

そもそもの話、ウィリアムに伝えたようにフェリシアだって嫌ではないのだ。好きな人にされるキスは嬉《うれ》しいし、触れてもらえるのも嬉しい。

ただどうしても気恥ずかしさで胸がいっぱいになってしまい、全身を叩《たた》かれていると錯《さっ》覚《かく》するほどの動悸《どうき》に、あわや死にそうになってしまうだけで。

だから「やり方を教えて」と言った。

息の仕方、鼓動《こどう》の抑え方など、初心者でも応えられるだけの知識を欲《ほっ》した。

「やり方……やり方ね。そうくるのか」

途端《とたん》、ウィリアムが忍《しの》び笑いをする。なぜここで笑われるのかわからなかったフェリシアは、抗議《こうぎ》するように彼を睨《にら》み上げた。

「ごめん。だってまさか、やり方を教えてほしいなんて言われると思ってなくて。強引《ごういん》だった自覚があるから、君に怒《おこ》られるか拒絶されるんだろうと思ってたんだ」

むしろ拒絶してほしかった、と彼の切なげに揺《ゆ》れる声と瞳《ひとみ》が言っているような気がした。

その勘《かん》は当たっていたのか、ウィリアムが眉尻《まゆじり》を下げて言う。

「困るな。拒絶されないと、調子に乗って先に進もうとしてしまうよ？」

「あの、ウィル」

「でも安心して。君の心を尊重すると決めているから、さすがにこれ以上のことはしない。ただ一つだけ、お願いを聞いてくれる？」

「もちろんですわ。私にできることなら」

「君にしかできないことだよ。〝待て〟をする代わりに、もう一回、してもいい？」

「もう一回……？」

何を、と考えて、すぐに思い当たる。

知らず顔が熱くなったが、フェリシアは勇気を出すなら今だと思った。

「そんな、もう一回、だけじゃなくて……す、好きなときに、してもらって、大丈夫《だいじょうぶ》です。というか！　私がしたい、ので……！」

そのとき、頭上から大きな――肺の中を空っぽにするほど大きなため息が落ちてきた。

「うん、気を遣《つか》ってくれてありがとう、フェリシア。そう言ってもらえてすごく嬉しいよ。でもね、そんなかわいいことをベッドの上で言わないで。男心を学んでもらう講義を本気で受けてもらおうか悩《なや》み始めてきた。でないと君の身が危ない」

「いえ、別に気を遣ったわけじゃ……でもその講義は受けたいです」

「さすがフェリシア。こんなときでもぶれない君が大好きだ」

ウィリアムはなぜか片手で目元を覆《おお》っている。

褒《ほ》め言葉を言われたはずなのに褒められた気がしないのは気のせいか。

「いや、ごめん、もう正直に白状するよ。遠回しに拒絶されるよう仕向けると、逆襲《ぎゃくしゅう》に遭《あ》うと学んだ」

「拒絶されるようにって、どうしてそんなこと」

驚いて訊《たず》ねれば、彼は罰《ばつ》の前払《まえばら》いだよ、と何かを諦《あきら》めたように笑った。

「君に拒絶されるのが、おそらく最も迅速《じんそく》かつ的確に私にダメージを与《あた》えるからね」

「ですから、どうしてそんなことを？」

自分で自分を傷つけるような、そんなことをして喜ぶような趣味《しゅみ》は彼にはないはずだが。

「だって私は明日、君を教会に送り込むんだよ？　仕方ないとはいえ、こんな命令をしなければならない自分に嫌気が差すよ。まあ、全《すべ》てが終わったあと、君はきっと怒《おこ》ってくれるんだろうけれど、それだけじゃ足りないと思ってね。だから今のうちに君から罰をもらおうと思って。それに、明日からしばらくは君と会えなくなる。聖女の世話係は住み込みのようだからね。それで、君を堪能《たんのう》しつつ、君に拒絶されることってなんだろうと考えた結果が――」

「さっきのあれですか」

「そういうこと」

ウィリアムが笑顔《えがお》で頷《うなず》いた。そこはキメ顔を披露《ひろう》するところではない。

「なのにまさか君が受け入れてくれるから、私は結構別の意味で罰を与《あた》えられたなと思っているよ。さすがフェリシア。こんな罰もあるんだって、ある意味感心してる」

「ええ？　どういうことですの。私、何もしてませんわよ？」

心当たりがまるでない。

ただ、ウィリアムの言うとおり、サラを救出するために仕方ないとはいえ、明日からは教会で生活することになるのだ。

今感じているこの温《ぬく》もりがなくなるのは、まだ彼と寝室《しんしつ》を共にして日が浅いというのに、なんだか寂《さび》しい気がする。

途端に離れがたくなって、彼の胸に頬《ほほ》をすり寄せた。

「そういうところだよ、フェリシア」

またウィリアムのため息が落ちてくる。

すると次の瞬間《しゅんかん》、フェリシアの視界が大きくぶれた。何事かと目をぱちくりとさせたとき、ウィリアムの真剣《しんけん》な瞳に見下ろされていることに気づく。

月の明かりはない。カーテンが外界《がいかい》を遮断《しゃだん》し、天蓋《てんがい》が二人の世界を作っている。

仄《ほの》かな明かりだけが頼《たよ》りの世界で、フェリシアは自分に覆《おお》い被《かぶ》さるウィリアムの、まるで助けを求めるような悩ましげな表情を視認《しにん》できてしまった。

思わず彼の頬に手を伸《の》ばそうとしたけれど、彼に押さえられていて叶《かな》わない。

「私は言ったね、ゆっくりやっていこうと。でもだからといって、何もしないとは言っていないよ。そこは間違《まちが》えないで。だからそうやって煽《あお》られると、私も黙《だま》ってはいられなくなる」

こんなふうに——と重なった唇《くちびる》で諭《さと》される。フェリシアは自然と目を瞑《つむ》っていた。

いつもとは違う熱に翻弄される。されるがまま、なんとか彼に応えようとするけれど、その意識の片隅《かたすみ》で漠然《ばくぜん》とした不安も抱《かか》えていた。

息が苦しい。胸が痛い。甘い痺《しび》れで頭がぼーっとする。

（ねぇウィル、やっぱりあなた、様子がおかしいわ。自分で気づいてないの？）

甘い甘い蜜《みつ》に溺《おぼ》れながら、フェリシアはこれから起こる大きな事件の気配をなんとなく感じ取っていた。


翌日、フェリシアは昨日と同じ茶色のカツラをかぶり、王宮の裏門をライラと共にひっそりと出た。

ちなみにライラは、短い髪《かみ》を隠《かく》すため、黒色の長いカツラをかぶって変装している。活発そうな見た目から一転、まるでサラのような清廉《せいれん》な雰囲気《ふんいき》のご令嬢《れいじょう》に様変わりしたライラを、ジェシカと共に愛《め》でたのは余談である。

ウィリアムは直前までフェリシアを抱《だ》きしめて放さなかったけれど、時間になれば意外とすんなり解放した。

そして出る直前まで、彼は口を酸《す》っぱくしてフェリシアにこう言い聞かせたのだ。

『正体に気づかれて捕《つか》まっても大人しくしていること』『無茶《むちゃ》はしないこと』『なるべくライラといること』

私は子どもじゃない、と何度反論しようと思ったことか。

けれどフェリシアは気づいてしまった。この状況《じょうきょう》が、街に魔物《まもの》が出て、対処するために駆《か》け出したウィリアムを見送ったあのときと、同じだと。

気づいてしまったら、フェリシアの反論は腹の中に消えていった。

そうしてやってきた二度目の教会本部を前に、フェリシアは感嘆《かんたん》の声を漏《も》らす。

正面から見上げる教会は、さすが各地に散らばる教会の総本山だけあり、威厳《いげん》のある佇《たたず》まいをしている。

大きなドーム型の塔《とう》を中央に、左右には二つの尖塔《せんとう》がある。その内の一つには大きな時計がはめ込まれていて、もう一つには重そうな鉄の鐘《かね》が堂々と存在を主張していた。

昨日もこの正面から入ったはずなのに、フェリシアの目には今初めて見たものとして映っている。きっと昨日は緊張《きんちょう》していて、周りに目を配る余裕《よゆう》もなかったからだろう。

面接に受かり、無事に世話係として潜入《せんにゅう》できることが決まった今は、緊張よりも使命感に燃えている。

おかげで教会のあちこちに咲《さ》く白い花たちにも気づけた。

(白い薔薇《ばら》に白い百合《ゆり》、生け垣《がき》にはシルバープリペット。すごいわ、徹底的《てってい》に〝白〟で統一してるのね——って違う違う！　今は呑気《のんき》に植物観察してる場合じゃないわ！　早くサラ様と合流することを考えないと)

大聖堂内の指定された席で待っていると——ライラも同じ場所、同じ時間を指定されていた――面接のときに対応してくれた司祭とは違う男性が現れた。

彼は自らを助祭であると明かし、トルバと名乗った。

「慌《あわ》ただしくてすまないな。教会は基本的に共同生活をする場ではないから、突然《とつぜん》のことにみんなてんやわんやなんだ。すでに二人は世話係を揃《そろ》えたんだが、それだけでは回らない。これからさっそく君たちの主人を紹介《しょうかい》するが、いいか、くれぐれも粗相《そそう》のないように。相手はとても高貴な御方《おかた》だ、頼《たの》むぞ」

はたして彼はサラの誘拐《ゆうかい》に関《かか》わっている人物なのだろうか。今の段階では判断が難しい。

(慎重《しんちょう》にいかなきゃ。下手をしてこちらの目的がバレたら最悪だわ)

そんなことになれば、サラの許《もと》にフレデリクを案内してあげられない。

フェリシアは今回、そのことにも怒《おこ》っているのだ。よりにもよって二人を引き離《はな》した教会に。

フレデリクの憔悴《しょうすい》と怒《いか》り具合を見れば、彼がどれほどサラを想《おも》っているかなんて容易《ようい》に想像できる。そしてサラの想いは前々から知っている。

愛し合う二人を引き離す邪魔者《じゃまもの》は、一人残らず捕まえてやるつもりだ。ウィリアムという愛する人ができた今のフェリシアだから、強くそう思う。

(犯罪に加担していた証拠《しょうこ》を握《にぎ》り潰《つぶ》すためだけにサラ様を攫《さら》ったこと、絶対に後悔《こうかい》させてやるんだから)

　三人は大聖堂を抜《ぬ》け、中庭を巡《めぐ》る大回廊《だいかいろう》に出た。見事な芝《しば》が広がる中庭から、暖かい日の光が入ってくる。

（ただ、もしこのトルバ助祭が誘拐事件に関わっていたとしても、首謀者《しゅぼうしゃ》ではないと思うのよね。だって教会でこれほどの犯罪を先導できる人なんて、それなりに地位がある人でないと無理だもの。失礼かもしれないけど、助祭にできるとは思えないわ。大司教、枢機《すうき》卿《きょう》、あるいは――教皇）

　ぶるりと、自分の考えに身を震《ふる》わせる。

　教皇と言えば教会という組織においてトップに君臨する地位だ。王家で置き換《か》えるなら国王に相当する。

　そのトップが、人身売買や麻《ま》薬《やく》の栽培《さいばい》等に関係していて、もしかすると魔物にも関与《かんよ》している――？

（それが事実なら大変だわ。サラ様を早くここから連れ戻《もど》さないと）

　なんだか胸騒《むなさわ》ぎがしてならないのだ。

　人身売買や麻薬に関わる証拠を見つけて、これで事件解決となるはずだったのに、事はそれだけでは終わらなかった。

　サラを連れ去るため、教会はもしかすると魔物を利用した。

　魔物を利用できる力を、教会が持っているかもしれない。

それは恐《おそ》ろしいことだと、心に生まれた恐怖《きょうふ》はすくすくと育ち始めている。

なぜなら、もし教会が魔物を操《あやつ》れるのだとしたら、もっと言えば、もし教会が魔物を生んでいたのなら、この世界の人が魔物に苦しめられているのも、サラが異世界に召喚《しょうかん》されなければならなかったのも、ウィリアムが何もできない自分を不甲斐《ふがい》ないと責めているのも、全《すべ》ては教会が原因ということになる。

本来なら魔物から人々を守るために出来た組織が、全ての元凶《げんきょう》ということになる。

(そんなこと、あっていいはずがないわ)

ぎゅっと拳《こぶし》を握りしめた。

なんの証拠もないのに疑うなんて、愚《おろ》か者のすることだ。わかっているけれど、一度芽《め》吹《ぶ》いてしまった疑念はそう簡単にはなくならない。

大回廊を進んだ三人は、大聖堂とは別の塔に入っていく。礼拝に訪《おとず》れる信者や観光客のいないこちらは閑散《かんさん》としていた。

階段を上りながら、フェリシアはこれまでのことを思い出していく。

(魔物は瘴気《しょうき》が取り憑《つ》いた動物であることに間違いはないわ。人に取り憑いたなんて報告は、たぶんお姉様が初めて)

オルデノワ王国に嫁《とつ》いだ義理の姉——ブリジットが、フェリシアを殺そうとした事件。

あのときはオルデノワ王国の式典にウィリアムと共に臨席したが、フェリシアはそこで姉の身体《からだ》から漂《ただよ》う瘴気をこの目で確認《かくにん》している。

（でも待って。確かそのとき、シャンゼルでも事件があったのよね。乙女《おとめ》ゲームの追加エピソード。私は国外《オルデノワ》にいたから詳《くわ》しくは知らないけど、サラ様とフレデリク様が犯人を捕まえたって）

そのときの犯人は、魔物を使って王家への復讐《ふくしゅう》を企《くわだ》てていた。

（そうよ、魔物を使って、復讐しようとしたのよ）

当時は姉の事件で頭がいっぱいになっており、その異様さに気づけなかった。

（サラ様と合流したら、このときのこと、詳しく聞いてみる必要がありそうね）

そして次に瘴気に取り憑かれたのが、ウィリアムの母である王妃《おうひ》だ。

彼女は自分に瘴気が取り憑いていたなんて気づかなかったと言い、そのときはとにかく些細《ささい》なことに焦《あせ》り、不安になり、もしくは感情が攻撃《こうげき》的になっていたと振《ふ》り返った。

だからフェリシアに必要のない試練を与《あた》え、あげく襲《おそ》ってしまったのだと。

（最後は、私自身ね）

まだ階段を上る。どうやらサラのいるところは二階や三階という低層階ではないのか、黙々《もくもく》と足を動かした。

（私の場合は、はっきりとしてるわ）

フェリシアに瘴気を取り憑かせようとした人物がいたからだ。

ウィリアムのトラウマの元凶――アルフィアス。

彼が瘴気によって正体を失《な》くしたフェリシアを使い、ウィリアムを再び傷つけようとした。

けれど、フェリシアに瘴気は効かなかった。それがアルフィアスの誤算だったらしい。

異世界から召喚された聖女は、瘴気を浄化《じょうか》するが、正しくは瘴気を拒絶《きょぜつ》しているという。

異なる世界の人間だからこそ為《な》し得る力なのだとか。

そして転生者であるフェリシアも、おそらくその力を持っていた。自覚はないけれど、おかげでアルフィアスの操り人形にならずに済んだのだから、そのときほど転生者で良かったと思ったことはない。

(でもじゃあ、アルフィアスはいったい何者なの？　それがずっと気になってるのよね)

ただ者でないことは間違《まちが》いないだろう。なにせ瘴気を人に取り憑かせようとしたのだから。

彼の赤い瞳《ひとみ》は危険だ。あれに覗《のぞ》かれて、フェリシアは一時《いっとき》ではあるが正気を失った。

(アルフィアスが教会と繋《つな》がってるのは確認されてるわ。ということは、アルフィアスが魔物も操ってる？　でも今はもう王宮の地下牢《ちかろう》に繋がれてるのよ。サラ様誘拐事件のとき、アルフィアスに犯行は無理だわ)

こうやってフェリシアなりに色々と推理してみるけれど、いつもアルフィアスの正体に迫《せま》るところで考えが行き詰《づ》まる。

考えても考えても彼の正体に見当もつかないのだ。それならと、前世の記憶《きおく》に頼《たよ》ろうとしてみるが、アルフィアスに関わる記憶はついぞ見つけられなかった。

（そもそも、ゲームにアルフィアスなんてキャラ、いた？　隠《かく》しキャラがいるみたいなことは聞いた覚えがあるような気がするけど……でもまさか、ね？）

隠しキャラということは、つまりそのキャラも攻略《こうりゃく》対象ということだ。敵が攻略対象になるゲームなんて、フェリシアの価値観で言えばありえないように思える。

それとも例の如《ごと》く、単にフェリシアが覚えていないだけなのか。

「ここだ」

そのとき、案内役のトルバの声で、フェリシアは思考の底から戻ってきた。

そこは塔《とう》の最上階だった。その最奥《さいおう》の部屋の前で、フェリシアたちは足を止める。

「ここが今日から君たちに世話を頼む、高貴な御方の滞在《たいざい》部屋だ。ルールは教えたとおり、外出は禁止、彼《か》の方がここにいることの漏洩《ろうえい》も禁止、君たち自身の外出も私の許可がなければ禁止だ。わかったか？」

従順なふりをして頷《うなず》いた。

「よし、じゃあ入るぞ。――失礼します、トルバです。本日から世話係となる者を連れて参りました」

トルバが扉《とびら》を開けると、そこは王宮のサラの部屋と同じくらいの広さだった。けれど、王宮よりも華美《かび》な印象を受ける。部屋全体が白と金色の家具で統一されており、その六割が金色だからだろう。

「あの、もう何度も言ってますけど、私に世話係なんて要《い》りません。とにかく私を帰してください！」

「まあまあ、そう仰《おつしや》らずに」

サラの声だ、とフェリシアは部屋の中を見回す。ライラも同じように視線を巡らせていた。

「私どもも何度も申し上げておりますが、我々《われわれ》はせい――オホンッ、あなた様を匿《かくま》っているだけでございますよ。ここを出たらお命を狙《ねら》われる可能性がありますからね。不便でしょうが、どうかご理解ください」

変なところで咳き込《せ》んだなと思いながらも、トルバが必死に宥《なだ》める先をフェリシアとライラは視線で追った。四柱式の寝台《しんだい》だ。その横には同じお仕着せを身に纏《まと》った困惑《こんわく》顔の女性が二人いる。彼女たちがすでに雇《やと》われている世話係だろう。

寝台の中は天蓋《てんがい》に隠されていた。でも天蓋に映る影《かげ》は見えた。

（サラ様……！）

ライラとアイコンタクトを取る。

フェリシアは一歩前に出た。

「恐れながら、自己紹介《しょうかい》をさせていただいても構いませんか、トルバ助祭。得体の知れない人間が増えれば困惑なさるのも無理はありません。まずは私たちを知っていただき、その上で不要と判断されれば、大人しく身を引きますので」

「えっ……え……？」

フェリシアの声に反応して、サラから狼狽《ろうばい》の気配が伝わってきた。彼女に気づいてもらうことを狙《ねら》って口を挟《はさ》んだので、その反応に内心でガッツポーズを決める。

サラが恐る恐る天蓋をめくった。ちらりと覗いた彼女の黒い瞳と、ぱっちり目が合う。

「もしかして――」

「それでいかがでしょう、お嬢様《じょうさま》」

サラが驚《おどろ》いた拍子《ひょうし》に口走る前に、フェリシアはそう遮《さえぎ》った。

すぐに状況《じょうきょう》を呑《の》み込んでくれたらしいサラは、天蓋に映る影でもわかるくらい何度も頷いてくれる。

これに意外そうにトルバが眉《まゆ》を反応させたが、特に不審《ふしん》には思われなかったようだ。どちらかと言えば大人しくなった猫《ねこ》に安堵《あんど》したような様子だった。

「では、改めてご挨拶《あいさつ》申し上げます。本日からお嬢様のお世話係に任命されましたエマです。お嬢様は外国に大変興味がおありだと別の司祭から伺《うかが》いました。私は様々な国を旅行したことがございますので、話し相手にうってつけかと存じますわ。最近行った国には《助けに来ました。できれば部屋に私たちだけを残すことはできますか》――こんな慣用句がありまして、お嬢様とのこの出会いに感謝し、誠心誠意お仕えさせていただく所存です」

フェリシアは自己紹介を装《よそお》って、日本語でサラに話しかけた。この世界で日本語を理解できるのは、サラとフェリシアの二人だけだ。

フェリシアの意図をすぐに察してくれたサラも、同じように返してくれる。

「その慣用句なら私も知ってます！　同じ国には《わかりました、任せてください》――こんな慣用句もありますよね。まさかこんなところであの国を知っている方と出会えるなんて、思ってもみませんでした。私もあなたとの出会いに感謝します！」

「では、これからよろしくお願いします」

フェリシアが一礼して下がると、今度はライラが一歩前に出る。

「同じく、本日より世話係に任命されたライラです」

サラはすぐにライラがフェリシアの護衛である〝ライラ〟だと気づいてくれたようで、当たり障《さわ》りない挨拶を交《か》わす。

フェリシアは〝王太子妃〟としてその名が広く知れ渡《わた》ってしまっているので「エマ」と名乗ったが、ライラにその必要はない。

むしろ名前を変えなかったからこそ、姿を変えてもサラに気づいてもらえたと思っていいだろう。

「トルバさん、私、新しいお二人ともっとお話ししてみたいです。いいですか？」

「ええ、もちろんです。この部屋から出ないのであれば」

「ありがとうございます！　じゃあ女子会しますから、トルバさんは出てくださいね。女子会に男性がいるのは無粋《ぶすい》ですよ。あ、あとグレタさんとレアさんには、お買い物をお願いしたいのですが。昨日話していたお勧《すす》めのお店のお菓子《かし》、買ってきてくれませんか？」

グレタとレアというのは、フェリシアたちより先に世話係になった二人のことだろう。買い物という言葉に、心なしか二人は喜んだように見えた。

トルバが仕方なしに買い出しの許可を出すと、さっそくグレタとレアは部屋を出て行く。トルバも暇《ひま》ではないのか、フェリシアとライラに小声で「頼《たの》むぞ」ともう一度念押しすると、部屋を退出した。

パタンと扉が閉まる。廊下《ろうか》に耳を澄《す》ましていたライラが、大丈夫《だいじょうぶ》という意味を込めて首を縦に振《ふ》った。

それを合図に、サラが天蓋の中から飛び出してきた。

「フェリシアさん……！　会いたかったです、良かったぁ……！」

その勢いに押されて倒《たお》れそうになったが、なんとか踏《ふ》み止《とど》まる。

サラはフェリシアの胸に顔を埋《うず》めるように抱《だ》きついてきたので、その頭を優《やさ》しく撫《な》でた。

「よく頑張《がんば》りましたわ、サラ様。怖《こわ》かったでしょう？　皆《みな》さんを追い払《はら》ってくれたのも助かりました」

「私のほうこそ、お二人が来てくれて本当に心強いです。無理やり連れて来られて、全然外にも出してもらえなくて、何が何やらわかってないんです。どうして私、教会に連れて来られたんですか？　魔物《まもの》は？　大丈夫なんですか？」

「魔物はすでに対処済みです。死人も出ていません。そうですね、まずは状況の説明からしましょう。それから今後について相談しませんか？」

腕《うで》の中のサラがこくりと頷く。よほど怖かったのだろう。彼女の肩《かた》は小刻みに震《ふる》えていた。なんだか放すのも忍《しの》びなかったので、フェリシアはその状態のままソファへとサラを誘導《ゆうどう》する。

ライラは扉付近に控《ひか》え、外の気配に注意してくれていた。

「まず、サラ様が連れ去られた理由ですけど、教会が自分たちの悪事について公《おおやけ》にされないようにするためだったんです。サラ様を人質《ひとじち》に、王家に圧力をかけてきました」

「悪事？　そんな、教会がですか？」

「ええ。人身売買に麻薬《まやく》の栽培《さいばい》・売買など。教会に所属する全員ではありませんが、一部の人間が関《かか》わっていたことは間違《まちが》いありません」

「じゃあ私のせいで、皆さんに迷惑《めいわく》を……」

「それは違いますわ」

顔色を悪くしたサラに、フェリシアは力強く否定した。

「むしろサラ様を巻き込んでしまって申し訳ありません。まさか教会がこんな強引《ごういん》な手に出てくるとは思ってなかったんです。私とライラは、サラ様を一刻も早くここから連れ戻《もど》すために来たんです」

「フェリシアさん、ライラさん……ありがとうございますっ」

「ですから、お礼を言う必要はありません。サラ様は被害者《ひがいしゃ》なんですから」

困ったように微笑《ほほえ》むと、サラも潤《うる》んだ瞳《ひとみ》で微《かす》かに笑った。気丈《きじょう》に振る舞《ま》っているところがなんとも痛々しい。

少しでもサラが安心できるようにと、フェリシアはフレデリクのことも伝えた。

「フレデリク様も、サラ様が連れ去られてだいぶ怒《いか》り心頭《しんとう》でしたわよ。すぐにでも教会に乗り込みそうだったんですが、さすがにウィリアム殿下《でんか》が止めまして。とにかくサラ様のことばかり心配しておられますわ」

「フレデリクが……そう、ですか。……えへへ、ちょっと嬉《うれ》しいって思っちゃったんですけど、不謹慎《ふきんしん》ですかね？」

「いいえ、いいと思います。散々サラ様を振り回したんですもの。この機会にサラ様の大切さを身に沁《し》みてもらって、あわよくば告白させてやるくらいの気概《きがい》を持ってもいいと思いますわ！」

いつだったか、フェリシアはサラから相談されたことがある。告白をしたのに、フレデリクに流されてしまったと。なんと彼はサラの告白を告白だと気づかなかったらしい。

「ピンチはチャンスですよ、サラ様！」

励《はげ》ますように背中を軽く叩《たた》くと、サラが声を上げて笑った。

「さすがフェリシアさん、どんなときも前向きですね。羨《うらや》ましいです」

「それだけが取り柄《え》ですから」

「そんなことないですよ！　フェリシアさんには良《い》いところがたくさんあります。でも前にそうウィリアム殿下に話したら『知っているよ。だから他《ほか》でその話はしないでね』って釘《くぎ》を刺《さ》されちゃいました」

「そうなんですか？　なんででしょうね？」

「そんなの決まってますよ！　フェリシアさんの魅力《みりょく》を他の人にバラされたくないからです。フェリシアさんを取られないために！」

「！　そ、そうですか……」

「わ、フェリシアさんが照れてる！　かわいい！」

先ほどまでの怯《おび》えようはどこにいったのか。フェリシアの腕の中から離《はな》れたサラは、もういつもの元気を取り戻していた。

「サ、サラ様？　不安が取り除けたなら良かったですけど、この話はおしまいにしましょう。なんだか無駄《むだ》に恥《は》ずかしくなってきましたし、今は脱出《だっしゅつ》するのが最優先です」

「あ、ごめんなさい。つい二人のラブラブエピソードに興奮しちゃって。そうですよね、大丈夫なので、続きをどうぞ」

「ラ、ラブラブエピソード……」

それはなんて強烈《きょうれつ》な響きだろう。こんなときでなければ、サラには二度とその言葉を自分たちに使わないよう説得するところである。

フェリシアは気持ちを切り替《か》えるため、わざと咳払《せきばら》いをした。

「このあとですが、なんとか敵の隙《すき》をついてフレデリク様と合流する算段になっています。フレデリク様は信者を装って教会の近くで待機してるんですが、今か今かとこちらの連絡《れんらく》を待ってくれていますわ」

「じゃあフレデリクも、ここに来てるんですか？」

「ええ。私とライラだけでは確実に脱出させてあげられるかわからなかったので。私たちがサラ様の居場所を突《つ》き止めて、その場所をフレデリク様に伝えます。そうすれば、あとは国一番と謳《うた》われる最強の護衛があなたを守ってくださいますわ」

サラが小さく洟《はな》をすすった。

「あ、でも、どうやってこの場所を？」

その質問に答えるように、フェリシアはにっと口角を上げた。

ソファから立ち上がる。ここが何階だろうと関係ない。フェリシアは腰高窓《こしだかまど》に近寄ると、両開きのそれを一気に開けた。

「大丈夫です。こういうこともあろうかと、私の頼《たよ》りになるお友達に、事前にお願いをしておきましたから」

そのときばさっと音を立てて舞い降りたのは、一羽《わ》の雄壮《ゆうそう》な鷹《たか》である。


鷹のゼンは、フェリシアがその命を助けてから、ずっと大切な友達だ。

といっても、フェリシアは彼を縛《しば》るつもりはなく、飼ってはいない。野生らしく自由に生きてほしくて、彼がフェリシアを訪《たず》ねてくれたときに一緒《いっしょ》に遊ぶ仲だった。

それがいつしか口笛を吹《ふ》けば飛んできてくれるようになり、祖国にいた頃《ころ》、寂《さび》しさに耐《た》えられなかった夜は何度か共に眠《ねむ》ったこともある。

思えば、このゼンがいなければ、フェリシアは自分の解毒剤《おうと》にまさか瘴気《しょうき》を浄化《じょうか》する効果があったなんて思いもしなかっただろう。

瘴気で苦しむゼンを救ったのが——当時は瘴気に苦しんでいるとは知らなかったが——浄化薬の始まりなのだから。

シャンゼルに初めて入国したときも、彼にはダレンとの連絡役を担《にな》ってもらった。

「というわけで、私のお友達がフレデリク様にこの紙《メモ》を届けてくれますわ。そうすれば、あとは待つだけです」

フェリシアは胸を張って説明した。祖国にいた頃より会える回数が減っていたので、ゼンのことを知る者は少ない。

実際、侍女《じじょ》のジェシカにはサラ救出作戦における準備のときに紹介《しょうかい》したくらいで、それまで彼らが出会うことはなかった。サラなんて一度も会ったことはないはずだ。

案の定、サラはゼンの姿を見て呆然《ぼうぜん》と固まっている。

ちなみに、フレデリクにはジェシカと同じタイミングで紹介しており、ウィリアムは、以前ゼンを介《かい》して手紙のやりとり——エマとウィルとして会っていた頃のことだ——をしたことがあるので、旧知である。

「この子は身体《からだ》が大きくて怖い印象を受けがちですけど、とっても優しくて律儀《りちぎ》な子なんですよ。一度命を救っただけの私に、こうして懐《なつ》いてくれてますから。それにとても頭のいい子なんです。王宮では他の方を驚《おどろ》かせないように、人のいないときにしか降りてきませんもの。私としては寂しいですけど、すごいでしょう？」

我が子のように自慢《じまん》すれば、ゼンも心なしか胸を張ったような気がする。そんな仕草がかっこよくてかわいい。

「さ、じゃあゼン、この紙をフレデリク様に届けてね」

ゼンは人の言葉をわかっているように片翼《かたよく》を広げて返事をした。

飛び立つ友を見送ると、フェリシアは窓を閉め、ソファに座るサラの許《もと》に戻る。

「ではフレデリク様が来るまで、サラ様に訊《き》いておきたいことがあるんですが、いいですか？」

「あっ、はい、なんなりと！」

「ありがとうございます。ライラももう大丈夫《だいじょうぶ》よ。こっちに来て座って。ずっと立ったままじゃ大変でしょう？」

ライラが廊下《ろうか》の外を見張っていたのは、ゼンに紙を託《たく》すとき、その場面を見られたら言い訳のしようがないからだ。

しかし紙を託した今、ただ座って話しているだけならいくらでも誤魔化《ごまか》しようはある。

ライラはフェリシアとサラの向かい側に座った。

「以前サラ様が前財務大臣の息子《むすこ》を捕《つか》まえたことがありましたけど、そのときのことを訊きたいんです。覚えてますか？」

フェリシアがオルデノワ王国を訪問し、姉と直接対決をしていたときのことだ。

時同じくして、サラとフレデリクが前財務大臣の息子の悪計を暴《あば》き、捕まえた。

「はい、覚えてます。フレデリクがウィリアム殿下に指揮を任されたやつですよね？　その事件がどうかしましたか？」

「そのときの犯人ですが、何か変わった様子はありませんでしたか？」

「変わった様子、ですか？」

「なんでもいいんです。たとえば、犯人から瘴気が見えた、なんてことは」

サラはこめかみを人差し指で押さえながら唸《うな》る。

「特に何もなかったように思いますけど、犯人さんの周囲に瘴気が漂《ただよ》っていたのは間違《まちが》いないです。でもそのときは魔物の瘴気だと思ってて……うーん、確かにそう言われると、その割には犯人さんの周囲だけ、瘴気が濃《こ》かったような……？」

「本当ですかそれ！」

と、くれば。

（これでほぼ確信できるんじゃない？）

フェリシアは顎《あご》に手を当てる。やはり予想したとおり、前財務大臣の息子もまた、瘴気に取り憑《つ》かれていた可能性が高い。

（そして彼も、教会の人間だった）

全《すべ》てが教会に繋《つな》がっている。

と、思ったとき。サラが何かを思い出したように手を叩いた。

「そういえば、これはウィリアム殿下《でんか》とフレデリクの会話を聞いちゃって知ってるんですけど、その犯人さん、どうやらオルデノワ王国に協力者がいたみたいです。その協力者と画策して、ウィリアム殿下が国にいないときを狙《ねら》って犯行を実行したみたいですよ。協力者の方は確か……オルデノワ王国の王族の方で……そうだ！　王妃《おうひ》です！　『他国の王妃だろうと』みたいなこと、殿下がすっごく怖《こわ》い顔で言ってました！」

「王妃って、まさかブリジットお姉様？」

オルデノワ国王には何人かの妃《きさき》がいる。しかし王妃と聞いてフェリシアが一番に思い浮《う》かべたのは姉だった。

姉は、フェリシアをオルデノワ王国へ誘《さそ》い出すため、フェリシアに意味深長な招待状を送りつけてきた。もしあの二人が繋がっていたと考えれば、瘴気のこととも繋がる。

というのも、ずっと不思議だったのだ。オルデノワ王国では魔物が出ないわけではないけれど、シャンゼルほど頻繁《ひんぱん》ではないらしい。そんな国にいる姉が、なぜ瘴気に取り憑かれたのかと。

（でも二人が繋がっていたなら、納得《なっとく》もできる。そしてやっぱり、裏には教会がいる。私の知っている中で人に瘴気を取り憑かせるなんて芸当ができるのは、アルフィアスだけだわ。そうなってくるとお姉様も、もしかしたらアルフィアスが……）

瘴気に取り憑かれた人間が、総じて間接的にも教会と関《かか》わりがあったとわかった今、やはりここにいては危険だと再認識《さいにんしき》した。

「あともう一ついいですか」

フェリシアは一拍《いっぱく》おいて。

「聖女は、どうやって瘴気を浄化するんですか？」

これを訊いたのは、聖女が瘴気を言葉のとおり浄化しているわけではないと、アルフィアスが話していたからだ。その真偽《しんぎ》を確かめたかった。

「それなら説明できますよ！」

サラがむふっと胸を張る。

「何度も殿下に教えてもらいましたからね。この聖女の腕輪《うでわ》を使うんです。これは聖女の力を引き出すためのもので、ずっと前の聖女が頭を悩《なや》ませて作ったそうですよ。ただ原理は……すみません、難しくて結局理解できなかったんですけど、でもこれに日本語で呪文《じゅもん》を唱えれば、瘴気を浄化できるんです！」

「日本語で？」

「はい。歴代聖女はみんな日本人だったようで」

それはそうだろうな、とフェリシアは思った。なにせここは乙女《おとめ》ゲームの世界だ。その乙女ゲームを制作したのは、日本の会社だ。

「といっても、実際は浄化と言うより、たぶん瘴気をはねのけて消してるって言うほうが感覚的には近いかもしれません」

「……つまり、拒絶《きょぜつ》している？」

「そう、そんな感じです！　さすがフェリシアさん、ばっちりです。違う世界の人間だからこそ、この世界の理《ことわり》を壊《こわ》せるんだろうねって殿下は言ってました」

「ウィルが……」

ではウィリアムは、瘴気《しょうき》の浄化《じょうか》の仕組みについて知っていたということになる。

それが異世界の住人にしかできないことも、知っているということになる。

「あ、ちなみにこれ、オフレコでお願いしますね。本当はシャンゼルの王族と聖女にしか教えちゃだめみたいなんです。でもフェリシアさんは結婚《けっこん》して王太子妃になりましたから、問題ないですよね！」

ぐっと親指を立てるサラだが、ここでフェリシアは、もう一人の聞き手に視線を移した。

その視線に気づいたサラも、同じところへ視線を持っていく。

三人の間になんとも言えない沈黙《ちんもく》が落ちた。

「あの、ライラ……」

「聞いてません」

ライラが食い気味に答える。

「私は何も聞いてません。命が惜《お》しいので」

悲しくなるくらい正直だ。いや、誰《だれ》だって命は惜しい。ここはライラの主張を通そうと、フェリシアもまた同意した。

「そうね。ライラは何も聞いてないわ。私たちの護衛として廊下を気にしてくれていたもの。会話なんて聞こえないわ」

「そ、そうですね！　ライラさんは扉《とびら》のところにいたってことで、距離《きょり》も遠いですから聞こえるはずないですよね！」

そのとき、コンコン、と窓を叩《たた》く音がした。

「「――っ」」

フェリシアとサラの心臓が同時に跳《は》ねる。思わず二人で抱《だ》き合った。

ライラはさすが騎士《きし》と言うべきか、瞬時《しゅんじ》に二人の前に立ち、警戒《けいかい》するように窓を睨《にら》みつけている。

緊迫《きんぱく》した空気の中、窓の上方から人の顔がひょっこりと覗《のぞ》いた。

「「ひえっ」」

現れたのは、この場の誰もがよく知るフレデリクだ。それを認識した瞬間、フェリシアの身体《からだ》から一気に力が抜《ぬ》けていく。

ライラが駆《か》け寄って窓を開けた。

「サラ様！」

フレデリクが目にも留まらぬ速さでサラの許へ飛んでくる。

サラも、待ちきれないとばかりに彼の許《もと》へと駆け出していた。

「サラ様っ。良かった。ご無事ですか、サラ様」

「フレデリク……っ。うん、なんともないよ」

まるで長年離《はな》れ離《ばな》れになっていた恋人《こいびと》同士が再会するワンシーンのようだ。

二人はもう二度と離れまいとでもいうように、互《たが》いを力強く抱きしめ合っている。

「本当に怪我《けが》などはございませんか。俺に遠慮《えんりょ》はなしですよ、サラ様」

「本当に大丈夫《だいじょうぶ》だよ。それに、こうしてフレデリクが来てくれたから、私、たとえ怪我してても平気だよ」

「平気じゃありません！　俺が、平気じゃありません……っ。本当に申し訳ありませんでした。あなたから一時《いっとき》でも離れた自分が恨《うら》めしいです……！」

完全に二人の世界に入っているサラとフレデリクに気づかれないよう、フェリシアは忍《しの》び足でライラの許に行く。

こちらに気づいたライラへ「しー」と合図を送って小さく手招きをすると、フェリシアはライラと共に天蓋《てんがい》の陰《かげ》に隠《かく》れた。

その陰から、ロマンスを繰《く》り広げる二人をこっそりと盗《ぬす》み見る。

ライラが呆《あき》れの混じった小声で注意してきた。

「妃殿下」

「許してライラ。それに、この雰囲気《ふんいき》で私たち、明らかに邪魔者《じゃまもの》じゃない。退散する代わりに見届けることくらい許してほしいわ」

なんて話している間にも、サラとフレデリクの甘い再会は続いていた。

「自分を責めないで、フレデリク。騎士がいるから大丈夫って判断したのは私だもん。その騎士だって、まさかあんなことが起こるなんて予想できないよ。本当にあっという間に連れてかれたんだから」

「いいえ。たとえ不測の事態が起ころうとも、守るのが騎士の役目です。あいつらの上官として、俺にも責任はあります。怖い思いをされたでしょう。本当に申し訳ありませんでした。もう二度とあなたをこんな目には遭《あ》わせないと誓《ちか》います」

隙間《すきま》なく抱きしめ合う二人に、フェリシアは感動で何度も首を縦に振《ふ》った。

心の中では「告白するなら今よ！」「頑張《がんば》れフレデリク様」「今こそ男を見せるとき！」と一人応援《おうえん》を送っている。

すると、声なき声が届いたのか、フレデリクが抱きしめていたサラをそっと離し、サラの頬《ほほ》に手を添《そ》えた。

「サラ様」

「フレデリク……」

天蓋を握《にぎ》る手に汗《あせ》が滲《にじ》む。いよいよか！　とフェリシアまで緊張《きんちょう》してきた。

そうして、二人の距離がだんだん縮まっていったとき。

「——やっぱりだ。サラ様、お顔が赤いです。まさか何か毒を⁉」

フレデリクが頓珍漢《とんちんかん》なことを大真面目《おおまじめ》に叫《さけ》んだ。あまりの仕打ちにフェリシアまで叫んでしまった。

「なんでそうなりますの⁉　そんなわけないでしょ！」

「フェリシア様、ちょうど良かった！　解毒剤《ざい》をお持ちでしたら」

「だから違《ちが》うわよ！　それは毒のせいじゃないのよ……！」

本当にサラの安全しか考えていない男である。

「毒じゃない？　そうなんですか？　サラ様は大丈夫なんですか？」

「そういう意味では大丈夫です。そういう意味では、ですけど！　フレデリク様、まさか私との約束を忘れてませんわよね？」

「え？　あ、ああ。それはもちろん。ですが、今する話ではないですから」

「正論タチ悪い……！」

「いいんです、フェリシア様。私、わかってましたから……」

「ああサラ様！　そんな諦《あきら》めの境地に至ったみたいな遠い目をしないでっ」

このときライラが海より深いため息をついたことを、誰も知らない。

気を取り直した一行は、さっそく脱出《だっしゅつ》について話し合っていた。

「ここまでは驚《おどろ》くほど順調に事が運んでますけど、そろそろ買い物に出掛《でか》けた二人が戻《もど》ってきますわ。それまでに脱出しないと。手筈《てはず》どおり、二手に分かれるってことでいいんですよね？」

フェリシアがそう訊《たず》ねれば、フレデリクが答える。

「はい。四人も一緒《いっしょ》に行動していると目立ちますから。俺はサラ様を守ります。フェリシア様のことは頼《たの》んだぞ、ファティリム」

姓《せい》で呼ばれたライラは無言で頷《うなず》いた。

「教会の見取り図は殿下《でんか》から預かっています。あと、サラ様がどこに隔離《かくり》されているかある程度の目星を付けていた殿下から、逃走《とうそう》ルートの候補も教えてもらっていますので、ここであれば、この二つのルートを使いましょう」

「目星って……さすがウィル、抜かりないわね」

頼もしいのに、その用意のいい手腕《しゅわん》には口角が引きつる。

「分岐点《ぶんきてん》はここです。ここまではどうしても道が決まっていますので、他《ほか》の世話係が戻ってくるまでに出ます。ファティリム、頭に叩き込んだか」

ライラが首肯《しゅこう》し、誰も異論がないことを確認《かくにん》して部屋を出ようとしたとき、またもや窓がコンコンと音を立てた。

一同が警戒心《けいかいしん》と共に振り向くと、そこにはゼンがいた。首を必死に下へ向けて振る彼を見て、フェリシアはハッと気づく。

「まずいわ。他の世話係の方が戻ってきたみたいです！」

ゼンがばさりと飛び立っていく。伝わったと判断したからか、それとも目立つ自分が居続けるとフェリシアに不利だと思ったのか、かしこい鷹《たか》は大空へ羽ばたいた。

「急ぎましょう」

一行はフレデリクの先導で部屋を出る。塔《とう》は王宮ほど広くはない。まずは下へ向かうため階段まで走った。

その手前でフレデリクが停止の合図をするので、一度足を止める。

階段に人がいないか確認したフレデリクが、手でゴーサインを出す。階段は螺旋《らせん》状になっている。階を下りるごとに踊《おど》り場があり、そのたびに足を止めた。

ウィリアムからの見取り図によれば、今下りている階段は三階で途切《とぎ》れる。確かにトルバに案内されたときもそうだった。

つまり三階で横移動をして、さらに下の階へと繋《つな》がる階段を目指すことになる。

そしてこの三階こそが、分岐点だ。

「ここから二手に分かれます。フェリシア様たちは東階段のルートを使ってください」

振り返ったフレデリクが手短に言う。しかしそれを全《すべ》て聞き終える前に現れた人影《ひとかげ》に、フェリシアは一瞬息《いっしゅん》を止めた。

「や〜っと来ましたね、王女さん。も〜、おっそいですよー。俺、心配しちゃったじゃないですか」

「ゲイル⁉」

フェリシアが小声で叫ぶと同時、フレデリクがすごい勢いで振り返り、今にも攻撃《こうげき》を仕《し》掛《か》けそうな体勢で剣《けん》を構えた。

一方、相手がゲイルとわかったフェリシアは警戒を解いた。

「フレデリク様、彼は大丈夫ですわ。ご存じありませんか？　彼は私の護衛です」

しかし。

「……なぜ、気配を消して近づいた？」

フレデリクは警戒を解かない。フェリシアのフォローが聞こえなかったはずはないが。

「いや〜そりゃ決まってますって。見つからずに近づくためですよ？　あ、もしかして驚きました？　やっぱ、俺ってば国一番の騎士《きし》に気づかれないとかすごくないっすか。本気出したかいがあるな〜。褒《ほ》めてくれてもいいんですよ、王女さん」

本当にこの男は、どんなときでもふざけることを忘れない男である。

「あのねぇ、今はそんな場合じゃ――」

そのときだった。何かが視界を横切った。衝突音《しょうとつ》がして、剣で応戦するフレデリクが瞳《ひとみ》に映る。銀の光が一閃《いっせん》し、闇色《やみいろ》を纏《まと》う獣《けもの》が——魔物が、フレデリクの剣を避《さ》けるようにゲイルの前に着地した。一瞬の出来事だった。

魔物はゲイルを襲《おそ》わない。

「ゲイル？　なに、なん、で……」

喉《のど》に何かが詰《つ》まったように、それ以上声が出ない。

ありえない。違う。そんなはずはない。心の中で色んな否定の言葉が浮《う》かぶ。

ゲイルは良《い》い意味でも悪い意味でも、いつもと変わらない剽軽《ひょうきん》な顔でフェリシアたちを眺《なが》めていた。

いつもは呆《あき》れたり、イラッとしたりするその表情を、今、初めて怖《こわ》いと思う。

「やだなあ、王女さん。なんでって、わかってるでしょ？　ほら俺、こう見えてもまだ裏世界から足洗ってないんすよ。だからさ、お金を積まれたら仕事はしなきゃ」

魔物が再び襲ってくる。フレデリクが応戦した。その陰《かげ》からライラがゲイルに突撃《とつげき》する。

その光景を、やっぱり信じられないと思った。お調子者で、ふざけていて、人を暗殺しようとしてきた男ではあるけれど、唯一《ゆいいつ》の趣味《しゅみ》仲間で、一緒に創薬の実験で盛り上がった。

最近は悩《なや》みを相談し、彼なりに一緒に考えてくれた。

誰《だれ》からもらったかわからないお菓子《かし》を無防備に食べるなと注意してくれたのは、フェリシアのために進んで毒味までしたのは、他ならぬゲイルだ。

（そりゃ、知ってたわよ。ゲイルがまだ裏世界から抜《ぬ》けてないこと。だって本人が言ってたんだもの。でもそれは、ウィルからそういう指示があったからじゃなかったの？）

ウィリアムから、裏の情報を探《さぐ》れと命令されたからではなかったのか。

（……そういえば私、聞いてないわ）

ウィリアムの命令がゲイルを裏世界に残していると、本人はおろか、ウィリアムからも聞いていない。そう思っていたのはあくまでフェリシアの推論だ。

（じゃあ、本当に、ずっと？）

ずっと、フェリシアたちを騙《だま》していたのだろうか。よりにもよって、教会側の人間だったのだろうか。

こういうときに限って頭が冴《さ》え出す。フェリシアの脳内で、これまでのゲイルとのやりとりが早送りで再生される。

ゲイルと出会ったのは、前財務大臣が己《おのれ》の娘《むすめ》を次期王妃《おうひ》に据《す》えるために、邪魔《じゃま》なフェリシアを殺そうとしたからだ。

そして前財務大臣の息子《むすこ》は、教会の力を借りて王家の転覆《てんぷく》を謀《はか》った。

（つまり、前財務大臣自身も、教会と繋がっていた……！）

その可能性は大いにある。なら、ゲイルが教会側の暗殺者であることも、納得《なっとく》はしたくないが事実として十分に考えられた。

「フェリシアさん、しっかりしてください、フェリシアさん！」

サラに耳の近くで名前を呼ばれて、ハッと我《われ》に返る。

「フェリシアさん、混乱してるかもしれませんが、今はとにかく逃《に》げることを考えましょう！」

そうだ、まずはサラを王宮に帰さなければ。

気合いを入れないと、口からは今にもゲイルを詰《なじ》る言葉が飛び出しそうだ。なんで、どうして、どういうことなの。馬鹿《ばか》の一つ覚えみたいに疑問ばかりぶつけてしまいそうで、ぐっと唇《くちびる》を固く結ぶ。

サラを安全な場所へ誘導《ゆうどう》しようとしたとき。

「妃殿下！」

「サラ様！」

フレデリクが戦っているものとは違う魔物が反対側から現れた。足を止める。最悪だ。挟《はさ》み打ちにされた。廊下《ろうか》には左右の道しかない。どこかの部屋に籠城《ろうじょう》して難を逃《のが》れようと思っても、視界に入る一番近い部屋の扉《とびら》は、ゲイルを越《こ》えた先にある。

(他にあるとしたら、あの窓から繋がるバルコニーだけど)

ここは三階だ。飛び降りるにはそれなりのリスクがある。それにサラもいるのに、彼女にまで無茶《むちゃ》は強いられない。

考えている余裕《よゆう》はなかった。新たに現れた魔物がフェリシアとサラに向かって突進《とっしん》してきたのだ。サラを庇《かば》いながら身を低くすると、その上を魔物が通る。間一髪《かんいっぱつ》だ。でも次も避《よ》けられるとは限らない。

(どうしよう。荷物検査のせいで浄化薬《じょうか》は持ってきてない。聖女に魔物の瘴気《しょうき》は浄化できない。考えて。ウィルなら……ウィルなら、こういうときどうする？)

無意識に触《ふ》れたのは、ウィリアムとおそろいのマリッジリングだ。

フレデリクとライラがこちらに駆《か》けつけようとしてくれているのは見えているけれど、それぞれの相手がそれを許さない。

(こういうとき、ウィルなら――！)

サラの手をぎゅっと握《にぎ》る。そのままバルコニーに向かって走り出した。

戸惑《とまど》うサラに説明している暇《ひま》はない。けれどフレデリクならわかってくれるはずだと、フェリシアは足を止めなかった。

ここは三階だ。フェリシアやサラが落ちれば最悪死ぬかもしれない。

でもフェリシアは覚えていた。あのバルコニーの下には、白い花を咲《さ》かせるシルバープリペットがある。一階分の高さがある低木で、まだら模様の葉が密生しているそれなら落下の衝撃《しょうげき》を和《やわ》らげることもできるかもしれない。

(フレデリク様がそれを知らなくても、この場を抜け出せる道が窓しかないことくらい、わかってるはず！）

　ウィリアムが一番信頼《しんらい》している騎士なら、三階の高さからもサラを守ってくれるはずだ。

「フレデリク様、ライラ！」

　窓を壊《こわ》す勢いで開け放った。フェリシアの意図に気づいたフレデリクとライラが、魔物を壁《かべ》に叩《たた》きつけてこちらに向かってくる。

　フレデリクの怖いくらい真剣な表情に、ウィリアムが重なった。

（ウィルならきっと、同じように最後まで諦《あきら》めない。その道しかないなら、その道で無事に切り抜ける方法を探すはず――！）

　大丈夫《だいじょうぶ》、と口の端《はし》から自然と笑《え》みがこぼれた。

　どんなときでも、たとえそばにいなくても、ウィリアムを想《おも》えば大丈夫だ。心細くても、不安になっても、彼を想えば心が折れることはない。

　フレデリクがサラを抱《だ》きかかえる。バルコニーの手すりに足を掛け、迷うことなく飛び降りた。

　さすがに小柄《こがら》なライラではフェリシアを抱きかかえられない。

「私が下敷《したじ》きになります」

　そう言ったライラは、フェリシアの手を取った。

「いいえ、それじゃライラが大怪我《おおけが》するわ」

フェリシアは力強く微笑《ほほえ》むと、すでに半分ほど重力に身を任せていたライラの手を、自らそっと放した。

「妃殿下《でんか》っ⁉」

ライラだけが落ちていく。

「一人なら受け身を取れるわよね⁉　私は大丈夫だから、サラ様をお願いね！」

フェリシアは手すりから身を乗り出すと、三人が無事に着地したのを確認《かくにん》する。しかしほっと息をついたのも束《つか》の間、聖職者が三人に近づいているのが視界に入った。

「みんな逃げて！」

危険を知らせるために叫《さけ》ぶと、不意に強く肩《かた》を引かれた。ゲイルだ。どこか呆れたような雰囲気《ふんいき》を滲《にじ》ませながら、彼はフェリシアの腰《こし》を引き寄せる。

「まったく、さすが王女さんらしいというか、守られる対象が守ってどうするんですか。それとも、自分だけ残って俺に勝てるとでも？」

いまだかつて、これほどゲイルと近づいたことがあっただろうか。一度だけ事情があってダンスを踊《おど》ったことはあるけれど、そのときよりも密着している。

ウィリアムに怒《おこ》られるのが怖《こわ》いからと、そう言って、彼はフェリシアに無意味に触《ふ》れるようなことはしなかった。もう味方を装《よそお》う必要がない今、そんな演技はしないという遠回しの宣言だろうか。

フェリシアは彼の拘束《こうそく》から抜け出そうともがいた。

「はいはい、暴《あば》れないでくださいね〜。あっちは今頃《いまごろ》聖騎士《きし》最強がお相手してますから、また捕《つか》まるのも時間の問題ですよ。だから王女さんはなんの心配もなく、俺と楽しく、仲良く遊びましょーね」

「遊ぶわけ……ってちょっと、ゲイル！　何するの⁉」

「さすがにお姫様《ひめさま》抱っこはだめなんで、俵担《かつ》ぎっす」

「誰《だれ》も抱き方の名前なんか訊《き》いてないわよ！　私が訊きたいのは、どこに連れて行くつもりなのかってこと！」

「ああ、それはもちろん――」

ゲイルがニヤリと笑った。

「俺と王女さんしか入って来られない、秘密の部屋ですよ。そこでたーっぷりとかわいがってあげますからね、王女さん」

らしくない冷たい声に、フェリシアの心は慄《おのの》いた。

第三章 ❖ 離れていても心は一緒です

「ご報告します！　王都の東にも魔物《まもの》の目撃情報が寄せられました！」

息を切らしながら、一人の騎士《きし》が会議室の入り口で叫《さけ》んだ。

その瞬間《しゅんかん》、中にいた王立騎士団の幹部たちが一斉《いっせい》にざわめく。

「東は住宅の密集地だぞ！　どれだけ多くの人間がいると思ってんだ！」

「まだ西の魔物も制圧できていない」

「前々から増えていることは承知していたが、なぜ今日はこんなに多い？」

場所は王宮にある騎士棟《とう》の一室。よく作戦会議に使われるここは、特に物などない殺風景な部屋である。

大きなテーブルが部屋のほとんどを占《し》め、椅子《いす》すら置かれていない。その唯一《ゆいいつ》の家具であるテーブルの上には、シャンゼル全体の地図と、王都に特化した地図、そしてこれまでの報告書が所狭《ところせま》しと散らばっていた。

王都の地図の上には、白黒のチェス駒《ごま》が目印のように置いてある。

「ご報告します！」

また新たな騎士が会議室にやって来て、全員に聞こえるように声を張った。

「現在一般人《いっぱんじん》への被害《ひがい》は軽傷者のみ！　西側の避難《ひなん》は完了《かんりょう》です！」

「よし、よくやった！」

「しかし警備隊の人数に限界が出てきており、応援要請《おうえんようせい》が殺到《さっとう》しています！」

それはこの場の誰《だれ》もがわかっていることであるため、皆《みな》一様に苦い顔をした。

王都の治安維持《いじ》は警備隊の仕事。対して、ここに集まっている王立騎士団の仕事は、主に王宮の警護である。

非常事態には警備隊の応援をすることもあるが、王宮を手《て》薄《うす》にするわけにもいかないため、送れる人数には限度がある。

困った状況《じょうきょう》に、誰もが救いを求めて室内の奥に視線を移す。そこには泰然《たいぜん》と構えるこの国の王太子、ウィリアムがいた。

ウィリアムはテーブルの上に視線を落とし、考え込むように黙《だま》っている。

「殿下、いかがしますかな？　東に第二騎士団の二小隊を派遣《はけん》しても良いのなら、すぐにそうさせますが。ここは私がいる限り落とさせはしません」

代表して発言したのは、王立騎士団の団長ザリルだ。

顔は年を重ねた分だけしわが刻まれているが、さすが平民から実力だけでのし上がった男の体格は別格で、その存在だけで新人騎士を震《ふる》えさせるほどの威圧感《いあつかん》を持つ男である。

ザリルの提案は誰もが妥当《だとう》だと思っているようで、皆がウィリアムの肯定《こうてい》を待ち望むような雰囲気が広がっていた。

けれどウィリアムは、「いや」と否定の言葉を返す。

「近衛《このえ》騎士を行かせる」

そう言って、ウィリアムは地図の北側に置いていた白のナイトを東に移動させた。北には黒のキングやポーン、白のクイーンもいる。

「近衛の第二部隊を東に送るよう伝令を」

「お待ちください。私は反対です。それでは緊急《きんきゅう》時に殿下を守る者がいない」

「問題ないよ。ある程度なら自分の身は自分で守れるからね。それにあなたがいれば十分なんだろう？　信じているよ、王立騎士団長殿《どの》」

「殿下……そうやって揚《あ》げ足を取るのが本当にお好きですな」

「しかし現状、近衛を動かさなければ圧倒《あっとう》的に人手が足りないのはあなたもわかっているはずだ。いくら彼らの任務の大半が要人の警護とはいえ、彼らが戦闘《せんとう》においても使えることはあなただって知っているはずだろう？」

ウィリアムに問われ、ザリルは喉《のど》の奥で唸《うな》った。図星だったからだろう。

以前ウィリアムが近衛騎士たちを王立騎士団の訓練に参加させたことがあったが、ザリルもその様子を見ているのだ。何人かは見どころがあると褒《ほ》めていたのは、他《ほか》ならぬザリル本人である。

「はぁ。そこまで言われたら反対できませんな。しかし、それでも足りない」

それはウィリアムもわかっている。けれど敵の狙《ねら》いがわからない今、王宮の警備を完全に解除するわけにはいかないのだ。

（同時に出現した魔物に、このタイミング。これは自然発生した魔物ではない。間違《まちが》いなくあの男が関《かか》わっている。となると、王宮と王都、両方を守る必要があるが、問題は数だ。あいつは何を狙っている？）

さすがのウィリアムも、魔物をここまで街に放されるとは思っていなかった。

あの男――アルフィアスと再会したのは、つい先日のことだ。そのときはブレドル伯《はく》爵《しゃく》に瘴気《しょうき》が取り憑《つ》いていて、あわや死者が出る大惨事《だいさんじ》だった。

しかしブレドル伯爵は正気を失いながらも、アルフィアスのことだけは攻撃《こうげき》しなかった。

（アルフィアスと瘴気、何らかの関係性があるのは確かだろう）

というのも、あの事件のあと、フェリシアも証言しているからだ。アルフィアスに瘴気を憑けられそうになった、と。人間にそんなことができるのかと、その場にいた者は皆《みな》衝《しょう》撃《げき》を受け、最初は半信半疑だった。

しかしフェリシアからうっすらと瘴気が漂《ただよ》っていたところをウィリアムも確認《かくにん》しており、状況はそうだと言わざるを得ない。

であるならば、最悪の事態を想定して、アルフィアスが魔物を操《あやつ》れるかもしれないという可能性を頭の中に入れた。入れた途端《とたん》、この騒動《そうどう》だ。

魔物が一斉に、しかもこれほど広範囲に出現したことなどなかったこれまでを思うと、やはりアルフィアスが裏で糸を引いているとしか思えない。

そもそもとして、アルフィアスがあんなに大人しく地下牢《ちかろう》に繋《つな》がれたこと自体も不自然極《きわ》まりなかった。

(たとえ捕まっても、いつでも簡単に脱獄《だつごく》できると知らしめたかった？　それとも一度私に捕まえさせて、脱獄することで悔《くや》しがらせたかった？　そうしてさらに憎《にく》しみを植え付けたかったのか？)

どれもありえる気がして、ただどれもその先に繋がらない。——そんなことをして、アルフィアスはいったい何がしたいのか？　最終的な目的は？

(あいつは一貫《いっかん》して私を人形だと言う。だが、私を自分の操り人形にしたとして、国を滅《ほろ》ぼせるなんて甘いことを考えるような男じゃない。昔は私を使って陛下を狙ったと思っていたが、ここまで執着《しゅうちゃく》されているとなると、最初から狙いは私だったと考えるべきだ。私をあいつの人形にして、何をしようとしている？)

アルフィアスという男が何を考えているのか、ウィリアムをもってしても摑《つか》めない。

単にウィリアムで遊んでいるようにも見えるし、何か目的があって動いているようにも見える。

「失礼いたします」

　そのとき、宰相《さいしょう》のゴードンが会議室にやって来た。彼は迷いなくウィリアムの許《もと》へ来ると、小さな声で耳打ちする。

　告げられた内容に、ウィリアムは小さく頷《うなず》いた。

「今、王都にいるレインズワース公爵《こうしゃく》の私兵を借りられることになった。現場の指揮は公爵自ら執《と》ってくれるそうだから、ひとまずはしのげるだろう」

「おお……！」

「レインズワース公爵が！」

　レインズワース家は、この場にいない第二騎《き》士《し》団長の生家であり、騎士を輩出《はいしゅつ》する名家である。

「さすが殿下《でんか》、いつのまに公爵と交渉《こうしょう》を？」

「あの方は腰《こし》が重いというのに」

「けれど重いだけで、上げれば千人力だからね。政界に身を置いていると、こうした根回しが上手《うま》くなるんだ。今度やってみるかい？」

「「いいえ、結構です」」

　全員に声を揃《そろ》えられ、少しだけ苦笑《くしょう》してしまったウィリアムである。

とにもかくにも、これで数の問題は解決の目処《めど》がつきそうだ。

(さて、それでこの次は、どう出るつもりなのか)

街の混乱はやがて落ち着くだろう。教会の協力者を使って、アルフィアスは次に何を仕《し》掛《か》けてくるつもりなのか。

気になるのは。

(……フェリシア、無事だよね?)

教会へサラを救出しに行った彼女《つま》を思う。

事情があったとはいえ、やはりそばにいないと心配で心配で落ち着かない。それも覚悟《かくご》の上で実行したはずなのに、不安は募《つの》るばかりだ。

それでもウィリアムの立場上、この不安を表に出すことはできない。最高責任者である自分が不安を見せれば、それが部下にも伝わってしまうからだ。

フェリシアを愛しているけれど、彼女のためだけには生きられないというのは、こういうときに実感する。

(でもだから、国のためだけに生きることも、やめたんだ)

ウィリアムは自身の左薬指にはまっているマリッジリングをそっと撫《な》でた。

そのときだ。

「ご報告します! 現在王宮の正門に国民が押し寄せてきています! どうやら魔物《まもの》が王

都の中心部にも出現したようで、こちらに避難《ひなん》してきているようです！」

「なんだと⁉」

これまでで一番の衝撃がこの場に走る。

せっかく一つの問題を片付けたと思ったのに、また新たな問題が発生する。これではいつまで経《た》ってもフェリシアの無事を確認《かくにん》できない。

国民の安全。国家の安全。それがウィリアムに課せられた第一の使命。存在意義。

本当はどんなに彼女の許に向かいたくても、向かえない己《おのれ》の立場。

仕方なくても苛立《いらだ》ちはする。うんざりもする。

けれど、ぐっと堪《こら》えた。なぜなら。

(そんなことをすれば、フェリシアにまたビンタされそうだ。あなたがこの国の何なのか、よく考えてくださいって)

頰《ほほ》を膨《ふく》らませて怒《おこ》る彼女が、容易《ようい》に想像できた。

フェリシアのそういうところが好きだ。彼女のそういう、責任感に溢《あふ》れ、他人思いなところが、少しだけ寂《さび》しいけれど好きなのだ。

だって自分より他を優先しろだなんて、なかなか言えることではない。

(そしてこういうとき、フェリシアは笑うんだよね。大丈夫《だいじょうぶ》って)

簡単に絶望しない。その強さが愛《いと》おしい。そんな彼女を頭の中に浮《う》かべると、いつも勇気をもらえる。

ウィリアムは、もう一度左薬指のマリッジリングに触《ふ》れた。たとえそばにいなくても、これが二人を繋いでくれているような気がして、フェリシアがそばにいないときほどよく触《さわ》るようになってしまったもの。

「おい、至急王宮に残っている騎士を集めろ！」

「正門も開放しよう。避難してきた国民をすぐに受け入れるんだ。いいですよね、殿下」

許可を求められたウィリアムは、もちろんと答えると、ついでにもう一つ答えた。

「私が行こう」

「ちょっとゲイル！　そこにいるんでしょ⁉　ここから出して！」

フェリシアがゲイルに担《かつ》がれ放《ほう》り込まれたのは、先ほどサラが監禁《かんきん》されていた場所の隣《となり》の部屋だった。

ゲイル曰《いわ》く「ここの鍵《かぎ》は俺しか持ってないんすよ」とかなんとか。この部屋は外鍵のため、ゲイルに外側から鍵を掛けられた今、フェリシアは文字どおり部屋から出られなくなってしまったというわけである。

魔物はいつのまにかいなくなっていた。

「ねぇ、ゲイル。どうしてあなたが教会側につくの？　お金？」

部屋の内装はサラが監禁されていた場所とほとんど変わらない。ただ、サラがいたところより埃《ほこり》っぽいので、普段《ふだん》は使われていない部屋なのだろうと推測できた。

「お金だったらなんですか？　軽蔑《けいべつ》します？」

扉《とびら》の向こうからゲイルの声が聞こえる。やはり彼は扉の前で見張っているようだ。なんて用心深いのか。

「そう。ならいくらで雇《やと》われてるか言いなさい。その倍で私が雇うから」

すると、三秒ほどの沈黙《ちんもく》があってから、

「えっ、そうくる!?」

お調子者のゲイルが叫《さけ》んだ。まるでいつもの彼と変わらない態度だ。先ほど聞いた、ゲイルではないみたいな冷たい声ではない。

それに勇気をもらったフェリシアは、このチャンスを逃《のが》すまいと続ける。

「そうよ、私があなたを雇うわ。安心して、お金なら持ってるから。祖国にいた頃逃亡《ころとうぼう》資金を貯《た》めてたから、それが余ってるの」

本当はウィリアムとの婚約破棄《こんやくはき》後、平民として生きていくためのお金だったが、結局使う必要がなくなったので今もほとんど手つかずのまま残っている。

「生きるのにお金は必要よ。それを否定するつもりも、その考え方を軽蔑するつもりもないわ。ただね、王太子妃《わたし》の護衛なら、汚《きたな》いお金に手を出すのは許さないから」

ゲイルがなぜ裏世界に入ったのか。なぜその世界で生き続けているのか。フェリシアはこれっぽっちも訊いたことがない。

あえて触れてこなかった、というのが本音だ。訊かれて嬉《うれ》しいものではないだろうし、簡単に受け止められるものでもない。

ゲイルとフェリシアの関係は、趣味《しゅみ》仲間、それだけで十分だった。

(でもそれだけじゃ、あなたにはだめだったのね)

ゲイルを繋《つな》ぎ止められない。思いとどまらせることもできなかったらしい。

「お金があなたを引き止めるなら、私は遠慮《えんりょ》なくその手を使うわ。シンプルでいいでしょう？」

「え〜、王女さんってばそんなに俺のこと好きだったんですか〜。やだ〜、なんかモテ期来てて ゲイル困っちゃう！」

「何言ってるの。別に好きではないわよ、あなたのこと」

「えっ」

「私が好きなのは一人だけだもの」

「あ、あ〜。そっすね。殿下ですよね。そうなんですけどそうじゃない。なんで俺が振《ふ》られたみたいになってんの？」

「私はね、ゲイル」

フェリシアは扉にそっと手を当てて、向こう側にいるゲイルへ語りかけた。

「お調子者のあなたのこと、結構気に入ってるのよ？　出会いがどうであれ、あなたのことは嫌《きら》いじゃないって、もう何度も口にしてきたでしょう？　お金で解決しようとするなんて、酷《ひど》い女だと笑うなら笑えばいい。それでも、あなたは私の護衛《もの》よ。その任を下りていいなんてひと言も言ってないわ」

あのゲイルが黙《だま》り込んでいる。いつも勝手に喋《しゃべ》っては地雷《じらい》を踏《ふ》んでいく彼にしては珍《めずら》しく、場にしんとした空気が流れる。

まさか逃《に》げたんじゃないでしょうねとフェリシアが訝《いぶか》しんだ頃、やっとゲイルが反応した。

「あーあ。王女さんって、だから面倒《めんどう》なんすよねぇ」

とてもシンプルに喧嘩《けんか》を売られる。

「金で俺を雇う？　ご所望《しょもう》なら笑ってやりますよ、ははっ。俺知ってるんですからね。その逃亡資金、自分で育てた薬草やハーブを売って稼《かせ》いだ金ですよね？　もうそこからして俺と王女さんじゃ根本が違《ちが》うんですよ。生きるために自給自足を選んだあんたと、生きるために他者から奪《うば》うことを選んだ俺。元が違う。ほんと、笑っちゃうなぁ。そういうお綺《き》麗《れい》な人間はさ、お綺麗な人間同士でつるむのが一番だと思いません？」

彼は返事を求めていないのか、そのまま話し続けた。

「どうしてわかんないかなぁ。そういうのが息苦しいんですよ、俺みたいな人間には。その点、教会はいいですよ。真っ黒なお友達がたくさんいますからね」

「……じゃああなたは、そっちのほうがいいの？　だから裏世界から足を洗わないの？」

ゲイルは少し悩《なや》んだ素振《そぶ》りを見せると、意外なほど穏《おだ》やかな声で答えた。

「まあそれもありますけど、一番は育ての親の影響《えいきょう》ですかね」

「育ての親？」

彼から彼自身の話が出たことが意外で、フェリシアは状況《じょうきょう》も忘れて訊《たず》ね返していた。

「どんな人？」

「そっすねー。性格は大雑把《おおざっぱ》なのに手先は器用なジジイでしたね。俺に暗殺術を教えてくれたのもその人です。自分の技術に絶対の自信を持ってて、本当は俺にその業《わざ》を後世に伝えてほしかったみたいですけど、まあ、面倒なんで断りました」

「その方、今は？」

「もうだいぶ前に死にましたよ。くたばるの早いぞジジイって言ったら殴《なぐ》られたっけ」

昔を懐《なつ》かしんでいるのか、ゲイルがどれほど育ての親を慕《した》っていたのかが声だけでも伝わってくる。初めて聞くゲイルの過去だった。

もっと早く聞いていれば良かったと思いながら、フェリシアは扉から離《はな》れる。

「さっき王女さん、俺がなんで裏世界から足を洗わないのかって訊《き》きましたけど、本当は俺もよくわかってないんですよ。なんでかなぁ、ここから抜《ぬ》けると、なんでかジジイに顔向けできないような気がして。俺にとっちゃ、暗殺術《それ》が父親からの形見みたいなもんだからかな」

今日のゲイルはお喋りだ。いつもお喋りではあるけれど、彼は存外自分のことを話さない。

なのに今は、やけに饒舌《じょうぜつ》だった。

「俺はさ、王女さん。ジジイが世間からどんなに後ろ指を差されるような人間でも、俺にとっては俺を育ててくれた大事な人なんだ。俺を捨てた実の親なんかより、よっぽどね。そんなジジイが見せてくれた世界で生きることが、そんなにだめっすか？　それしか生き方を知らない俺が、この先真っ当な世界で生きていけるなんて本気で思ってるんですか？生きられるわけがないんですよ。今さら……そうだ、今さら、憧《あこが》れたって……——って違う。違う違う。これは違うわ。間違えた。やば。こわ。なんでいつのまに本音で喋ろうとしてんの俺。王女さんが普通《ふつう》に訊いてくるから！　単なる時間稼ぎのつもりだったのに！」

やっぱ俺、こういう仕事向いてないわー、とゲイルが何やら独りごちている。

フェリシアは埃を被《かぶ》ったシーツをたぐり寄せた。

「そういうことなら、話はわかったわ、ゲイル。じゃあ私が見せてあげる」

「……はい？」

「ようは知らない世界に飛び込むのが怖《こわ》いって話でしょ？　ならあなたの育てのお父様のように、私が手を引いてあげる。形見を守りたい気持ちもわかるから、その技術を無理に忘れる必要もないわ。それだって応用すれば誰《だれ》かを守る力になるもの。暗殺術が誰かを殺す業にしかなり得ないだなんて、いったい誰が決めたの？　力はね、等しく力なの。騎士《きし》が持つものも、あなたが持つものも、同じ〝力〟なの。肝心《かんじん》なのはそれをどう使うかよ。英雄《えいゆう》は時代によって殺戮者《さつりくしゃ》にもなる――私の世界では、そうだったわ」

ほつれを利用して破ったシーツを、固く結んで繋げていく。

「知らない世界に飛び込むお手本として、私ほど適任もいないと思うわよ？　あ、あとサラ様もそうね。なにせ文字どおり、知らない世界に放り込まれたことがあるんだから」

「いや、王女さん、俺の話聞いてました？　そもそも俺、王女さんのこと裏切ってるんですよ？　また毒盛られて殺されそうになっても知らないですよ？」

馬鹿《ばか》ね、とフェリシアは笑った。バルコニーに繋がる窓を開けて、繋げたシーツの端《はし》を手すりの支柱《バラスター》にしっかりと結ぶ。

「裏切られたなんて思ってないわ。今の話を聞いてどうしてそう思えると言うの？」

「はは、同情ですか？　俺、それなら金のほうが欲しいっすわ」

「あら、誰が同情してるなんて言った？」

「え？」

あまりにもフェリシアがけろりとした様子だったからだろうか、ゲイルは狐《きつね》につままれたときみたいな声を出していた。

ウィリアムの病弱な従妹《いとこ》ロザリーのときとは違い、フェリシアは同情で彼を信じているわけではない。同情で彼を許すわけではない。

許す許さないではなくて、この問題はそれ以前の問題なのだ。

だってフェリシアは、最初からゲイルを信じていて、ゲイルの言葉を信じていないのだから。

「証拠《しょうこ》はあなた自身が見せてくれるわ。それじゃあゲイル、生きてたらまた会いましょう」

「は……？」

勘《かん》が鋭《するど》いのか、そのあとすぐに部屋の扉《とびら》がバンッと開いた。

逃げ道は部屋の出入り口だけではないことを、彼は知っていても考慮《こうりょ》しなかったのだろう。なぜならここは五階だ。たとえ窓から外に繋がっているとはいえ、まさかこの高さを飛び降りようだなんて考える人間がいるとは思わなかったに違いない。

「おいおい、嘘《うそ》だろ……王女さん!!」

風に靡《なび》くカーテンが、誰もいない部屋でばさばさと揺《ゆ》れていた。

一方ウィリアムは、フェリシアの侍女《じじょ》であり、今回お留守番をしているジェシカに一つの命令を下すと、部下の制止を振《ふ》り切って王宮の正面玄関《げんかん》にやって来た。

そこにはすでに大勢の国民が避難《ひなん》してきており、騎士たちがその対応に追われている。

「なんで魔物《まもの》が王都に出るんだ！」

「最近こんなことばかりじゃねぇか！」

「教会と王家は何をしているんですか⁉」

避難してきた人々の中には、抱《かか》えきれない恐怖《きょうふ》をぶつけてくる者もいた。

「聖女様は……聖女様はどうして私たちを守ってくれないんですかっ？」

「そうだよ、こういうときこそ聖女様が守ってくれるもんだろ⁉」

「お願いです、早く魔物をなんとかしてくださいっ」

追及《ついきゅう》される騎士たちは、困ったように「大丈夫《だいじょうぶ》ですから」「魔物は必ず撃退《げきたい》しますから」「もう少しだけ我慢《がまん》してください」と当たり障《さわ》りのない返事で宥《なだ》めていた。

騎士たちは聖女が王宮にいないことを知っている。しかし、そんなことを言えば火に油を注《そそ》ぐだけだ。

ウィリアムは、玄関の段差を利用して全員に自分の顔が見える位置に立つと、国民の動揺《どうよう》を掻《か》き消すように声を張った。

「王太子のウィリアム・フォン・シャンゼルです。安心してください。もう間もなく警備隊と王立騎士団の合同チームが魔物を撃退します。現時点で重傷者の報告も上がっていないため、あと少しだけ王宮でお待ちください。もちろん外は不安でしょうから、王宮内の安全な場所へお連れします」

ウィリアムはそう言うと、共についてきた騎士団長に目配せする。彼は一瞬《いっしゅん》だけ嫌《いや》そうな顔をしたが、仕方ないと思ったのか、部下に国民の避難誘導《ゆうどう》を命じた。

王太子が表に出てきたことで落ち着きを取り戻《もど》したのか、それとも間もなく魔物が撃退されると聞いたからか、あるいはその両方か。騒《さわ》いでいた国民も大人しく騎士の誘導に従ってくれている。

ウィリアムはその最後尾《さいこうび》についた。

「さて殿下《でんか》。どういうおつもりか存じ上げませんが、中に入れてしまって良かったのですか？　こういう混乱に乗じて襲《おそ》ってくる輩《やから》は、世の中に一定数いますぞ」

「もちろんそれを考慮した上での判断だよ。ここで下手をして王家への悪感情を増やすわけにはいかないからね。こういう細かいフォローも、時には必要なんだ」

「なるほど。だから私に政治は向かんのでしょうな。そんな細かなフォローは思いつきもしない。ならば、間もなく魔物を撃退するというのも、そのフォローのうちですかな？まだそんな報告は上がっておりませんからね。いける、という目処《めど》がついただけで」

「ああ。けれどあの場面ではそう言うしかない。そして言ったことは真実である必要がある。団長の腕《うで》の見せ所だね」

「まったく、たまには年寄りを労《いたわ》ってほしいものですなぁ。まあ、構いませんが。それより、避難させた民《たみ》たちは実際どうするおつもりで？　帰すタイミングを間違えると、大変なことになるでしょう。逆に長く待たせるのもまた、不安を煽《あお》るだけでしょうが」

ザリルのその懸念《けねん》には、ウィリアムは自信満々に微笑《ほほえ》んでみせた。

「その点は大丈夫。私の妻お手製のハーブティーでおもてなしするからね。時間は稼《かせ》げるよ」

「妃《ひ》殿下の……ハーブティー？」


結局その後、一般人《いっぱん》に開放することもある王宮の応接室にて、避難してきた人々を受け入れた。

そこではフェリシアお手製のハーブを使用したお茶をジェシカに淹《い》れてもらい、王宮のメイドたちがもてなした。

最初は「こんなときに」と戸惑《とまど》う人々だったが、漂《ただよ》うカモミールの甘い香《かお》りに惹《ひ》かれたのか、一人二人とカップに口を付けると、あとは早かった。

ウィリアムも一度、王妃《はは》と喧嘩《けんか》をしたときフェリシアに口の中へカモミールを突《つ》っ込まれたことがあるので、その効果は知っている。

「ありがとう、ジェシカ。急に悪かったね」

「い、いいいえっ。とんでもございません！　フェリシア様が常備してくださっていたハーブをお借りしただけですので……！　すごいのはフェリシア様です！」

「……うん、本当にすごいよね、フェリシアは。離《はな》れていても、こうして私を助けてくれるんだから」

彼女がいなければ、ウィリアムはこんな方法を思いつきもしなかっただろう。

無性《むしょう》に会いたくなる気持ちを、ぐっと呑《の》み込んだ。

「まあでも、私は君のことも褒《ほ》めているんだ。仕事が早くて助かった。それは素直《すなお》に受け取ってもらえると助かるんだけれどね？」

「あ、は、はい……！　ありがとうございます！」

　しかし流れが変わったのは、その翌日のことだ。

　一度鎮火《ちんか》したはずの聖女を求める声が、国民から再び上がった。

「昨日の魔物は問題なく撃退した。それでもかい？」

ウィリアムの問いに、ゴードンが相変わらず淡々《たんたん》と答える。

王太子の執務室《しつむ》はいつもより書類で散らかっていた。

「国民からは、あんなに魔物が出現したにもかかわらず聖女が出てこないのはおかしいと、そんな声が上がっています。その広がり方が異様な速さでしたので、現在出所を調査中です。おそらく何者かが情報操作している可能性が高いかと」

「教会の関係者か」

「否定はできません。いえ、というより、ほぼ決まりでしょう。教会は国民のその声を受け、すでにこんな発表をしています」

ゴードンが差し出した一枚の紙には、要約するとこう書かれていた。王家が自分の身かわいさに聖女を囲い、国民を守る義務を放棄《ほうき》している。教会はすでに王家へ抗議《こうぎ》文を表明した、と。

「聖女を攫《さら》った本人が何を言っているんだろうね？」

「まだ騎士《きし》から聖女救出の報は届いておりませんので、狙《ねら》いは一つかと」

「聖女を出したくても出せない王家《われわれ》は、指をくわえて教会の思惑《おもわく》どおりになれということか」

それこそあの忌々しい男《アルフィアス》の言う人形じゃないか、とウィリアムは思った。

（いや、待て。王家を人形に……？　それで次期国王《わたし》に目を付けた？）

閃《ひらめ》いた考えは、あながち的外れではないように思えた。

アルフィアスは、ウィリアムを傀儡《かいらい》にして、ひいては王家を乗っとるつもりなのか。王家を滅《ほろ》ぼすわけではなく。

（ただそうなると、教会と王家、両方を手に入れて企《たくら》むことなんて……）

そんなにないのでは、とウィリアムは頭の中で考える。そう、たとえば――このシャンゼルを手中にし、世界を手に入れる足がかりとする。とか。

（教会は国に属さない組織であり、その本部はシャンゼルにあり、シャンゼル王家は長らく教会と対立してきた。言わば見張り役だった。その目の上のこぶさえ取れば、教会が勢力を広げることはずっと簡単になるだろう）

見えなかったアルフィアスの思惑が、徐々《じょじょ》に露《あら》わになってくる。やっと色々なものが繫《つな》がり始める。

ゴードンが「ところで」と室内を見回しながら訊《たず》ねてきた。

「昨夜はこちらにお泊《と》まりに？」

「ああ、まあね。調べておきたいことがあったから」

「そうですか。言ってくだされば、私も含《ふく》めた家臣が調べたのですがね」

「嫌味を言わないでくれるかい。王族しか入れない書庫を調べてたんだよ」

「成果は得られましたか」

「ああ。夜《よ》を徹《てつ》したおかげで、面白《おもしろ》い日記も見つけたよ」

ゴードンが眉根《まゆね》を寄せる。過去の王族の日記がなんの役に立つのかと、その眉間《みけん》のしわの深さが暗に語っていた。

その気持ちはとても理解できる。ウィリアムも、これはかなり予想外の掘《ほ》り出し物だった。

「いずれにせよ、詳《くわ》しいことは後ほど伺《うかが》います。仮眠《かみん》室で睡眠《すいみん》を取られてから、まだ着替《きが》えておられないようですから、まずは着替えをお持ちしましょう」

「助かるよ。目覚まし代わりに入浴したいから、それも侍従《じじゅう》に頼《たの》んでおいてくれ」

「かしこまりました」

と言いながらも、なぜかゴードンは動かない。

ウィリアムはいつもの仮面をつけたまま、首を軽く傾《かし》げた。すると。

「妃殿下を教会に送ったのは、殿下ご自身と記憶《きおく》しております」

突然脈絡《とつぜんみゃくらく》のないことをぶつけられる。

「……それがなに？」

「いえ。ですからまさか、妃殿下のいない寝室《しんしつ》に帰りたくないと、それもあって仮眠室にお泊まりになったのかと邪推《じゃすい》してしまったのですが、殿下ともあろう御方《おかた》がそんなはずはありませんでしたね。差し出たことでした」

ひくり。ウィリアムは笑顔《えがお》のまま口角を引きつらせた。わざとそんな言い方をするところがなんともゴードンらしい。

そのまさかだよと言ってやったら、この岩のように厳《いか》つい顔にもヒビが入るのだろうか。当てられてなんとなく小っ恥《ぱ》ずかしい気持ちを隠《かく》すように口を開く。

「私だってね、それがフェリシアのための最善だと思わなければ、あんなことはしなかったよ。だってね、新婚《しんこん》だよ？　やっと寝室を共にできて、これからというときだったんだ。おかしいよね？　祝宴《しゅくえん》週間中も仕事をさせられて、代わりに蜜月《みつげつ》は休めると思ったのにこれだ。陛下だって、あの状態ではもういっ――」

「ですから、今回の殿下《でんか》の私情を挟《はさ》んだ作戦を許容したではありませんか」

「フェリシアに嫌《きら》われないか本気で心配だよ。こんなに仕事ばかりの夫に愛想尽《あいそつ》かして逃《に》げられたらどうしようか」

「それはこの国の存亡に関《かか》わりますので、我々《われわれ》が全力で妃殿下をお止めします」

ウィリアムは意外そうな瞳《ひとみ》をゴードンに向けた。

「……あなたでも冗談《じょうだん》を言うんだね？」

「いえ、本気です」

それはつまり、本気でフェリシアを逃がしてはいけないと思っているらしい。それが国のためであると、この頭の固い宰相《さいしょう》が本気で思っているということだ。

「昔、フェリシアが言ってたんだ。自分は宰相に良く思われていないんじゃないかと。実際あの頃《ころ》のあなたは女性が政治に介入《かいにゅう》することを嫌っていた。どういう心境の変化だい？」

「考えを改めざるを得ないと判断したまでです。私は実力主義者ですので」

「へぇ？　じゃあフェリシアの功績を認めるんだ？」

「聖女殿《どの》でも浄化《じょうか》できない魔《ま》物《もの》の瘴気《しょうき》を浄化する薬を、あの方はこの国に来て半年もかけずに完成させました。今や実戦にも使用できる水準にまで仕上がっています」

「ああ、すごいだろう？　私の妻は」

　ゴードンはちらりとウィリアムの顔を見て。

「奥方を自慢《じまん》するたびに仮面を外さぬよう、お気をつけください」

　適当にあしらうようにそう言った。

「あなたは本当に遠慮《えんりょ》がないね。妻を自慢するときくらい許されたっていいだろう？　まあ、とりあえずその褒め言葉は、フェリシア本人にも言ってあげてよ。きっと喜ぶから」

「……機会がありましたら」

　その不器用さに、ウィリアムは思わず笑ってしまった。

　こうやってフェリシアがたくさんの人に受け入れられていくところを見るのは、自分のこと以上に嬉《うれ》しいものがある。

　その一方で、フェリシアは自分だけのものだと、醜《みにく》い嫉妬《しっと》が顔を出すこともあるので、調整が難しいところだ。

「浄化薬については、公表のタイミングを間違《まちが》えないようにしないとね」

ゴードンが一礼して退室した。

入浴と着替えを済ませたウィリアムは、自分の部屋から二つ階《フロア》を上がったところへと足を向けていた。そこには国王と王妃《おうひ》の部屋がある。

おそらく二人とも国王の部屋にいるだろうと踏《ふ》んだウィリアムは、侍従に取り次いでもらい、王の寝室へと案内される。

それは、たとえ息子《むすこ》であろうと人に弱っているところを見せたがらない国王が、ソファで出迎《でむか》えることもできない健康状態であることを意味していた。

「おまえが自らここに来るとは、フェリシア王女——いや……なんと呼ぼうか」

面会して早々、国王が自分の妻に助けを求める。

確かにフェリシアはもう〝王女〟の肩書《かたが》きではなくなり、今はウィリアムの〝妃《きさき》〟である。国王なのだから呼び捨ててもいいだろうに、そうしないのは、ひとえに息子の機嫌《きげん》を窺《うかが》っているからか。

(この人は、こんなに小さかったか?)

痩《や》せ細った身体《からだ》に、増えた白髪《しらが》としわ。改めてじっくり観察した父王に、自然とそう思ってしまう。

子どもの頃の父王はいつも堂々としていて、てきぱきと公務をこなし、まるで高くそびえる山のような存在だった。そんな父を尊敬し、憧《あこが》れると同時、越《こ》えられない大きな壁《かべ》のようだとも思っていた。

それが今や見る影《かげ》もなく、病床《びょうしょう》に臥《ふ》す老人がそこにいるだけだ。

「〝フェリシアさん〟でよろしいのでは、陛下？」

ベッドの傍《かたわ》らに座る王妃が答える。

「ああ、そうだな、そうしよう。フェリシアさんは一緒《いっしょ》じゃないのか？」

そうでなければ息子がここに来るなどありえない。言外にそう言われている。

まあ確かに、これまで頑《かたく》なに見舞《みま》いに来なかった薄情者《はくじょうもの》である。そう思われても仕方ないと言えば仕方ない。

「フェリシアは一緒ではありません。彼女は今、王宮におりませんので」

そう言った途端《とたん》、両親が揃《そろ》って息を呑《の》んだ。さすがのウィリアムも何があったのかとわずかに身構えたとき。

「大変だわ、陛下。今すぐ騎士《きし》の出動許可を。フェリシアさんの捜索隊《そうさく》を組ませましょう」

「私の近衛《このえ》ならすぐに出せる。セバス」

執事《しつじ》まで呼んで本気で捜索隊を組ませようとする二人に、ウィリアムはこめかみをぴくりとさせた。

「待ってください。なぜ彼女が王宮にいないと言っただけで逃げられた前提の話をするんですか？　違います。事情があって離《はな》れているだけです」

「なんだ、そうなの。それならそうと言いなさいな」

「寿命《じゅみょう》が縮んだ……」

「陛下、お気をしっかり」

いったい自分は何を見せられているのだろうと、少しだけ遠い目になる。

まさかあんなに冷え切っていた夫婦《ふうふ》が、実はそうではなかったと知ったのは最近のことだが、慣れるにはまだ時間がかかりそうだ。

けれど、誰《だれ》にも言うつもりのない本音を言うなら、昔の両親より今の両親のほうがいいと、ウィリアムはほんの少しだけ思っている。

これも全《すべ》ては、フェリシアがいたから見られた光景だ。

――〝だって、亡《な》くなったら二度と会えなくなるんですから〟

いつだったか彼女がこぼした言葉。あのときは素直《すなお》に受け取れなかったけれど、今ならそうこぼしたときの彼女の気持ちが解《わか》る気がした。

「陛下、王妃殿下。お休みのところ申し訳ありませんが、今日はご相談に伺《うかが》いました」

王太子としての態度を取るウィリアムに、二人の表情もまた引き締《し》まる。

「国民の声はこちらまで届いているでしょうか」

「……ああ、聖女のことか」

国王が答える。

「このままでは教会にいいように利用されるだけです。もう長い間教会とは啀《いが》み合ってきましたが、私はそろそろ決着をつけようと思います」

「そうか……。できるというなら、おまえの好きなようにして構わない。責任は私が取ろう。だがまあ、欲を言えば、私の最後の仕事はもっと易しいものが良かったがな」

「何を仰《おつしや》るんです。十分休息を取られていたようにお見受けしますが？」

こっちは新婚なのに離れ離《ばな》れなんですよ、とたっぷりの嫌味《いやみ》を込めて微笑《ほほえ》んでやった。

なのにどうしてか、国王は小さく吹《ふ》き出した。

「そうだな。なかなか幸せな時間をもらった。死ぬ前におまえたちの本音を聞けて嬉しかったよ。こんな老いぼれでも使えるなら、存分に使うといい、ウィリアム」

穏《おだ》やかにこちらを見つめる瞳は、もう国王のものではない。

それは記憶《きおく》の隅《すみ》っこに悪あがきのように残っていた、まだウィリアムが言葉を理解し始めて間もない頃の父だった。

まだ、ウィリアムが、ただのウィリアムだった頃の――。

「ええ、頼《たよ》りにしていますよ……父上」

「！」

「それと、国民の前に出るのは久しぶりでしょうから、その際はサポートしてあげてください、母上」

「ウィリアム……！」

かなり勇気を出して口にした久々の呼び方は、思ったよりも照れくさかった。

それでも、フェリシアが教えてくれたから。

生きているうちに、後悔《こうかい》はしないよう。

(二人の老いた姿に絆《ほだ》されたかな)

もしここに、彼女がいてくれたら。きっと彼女は「よくできましたね、ウィル」そう言って一緒に喜んでくれたに違いない。

(早く君に会いたいよ、フェリシア)

そのために前々から準備していた計画を、ウィリアムはさっそく始動させた。


王宮の正面玄関《げんかん》前広場には、大勢の国民が集まっていた。

どれほどの人が教会に踊《おど》らされているのかはわからないが、少なくともここに集まった人々は王家に対する不満を持つ者たちだ。

そして、珍《めずら》しい客人もまた、横に控《ひか》えていた。白の祭服を着用し、ミトラの代わりにフェイスヴェールで顔を覆《おお》っている人物。

神秘性のためという教会お得意の理由でほとんど人前に出てくることのない、教会における最高権力者——教皇。両隣《りょうどなり》に枢機卿《すうききょう》を従え、さらに聖騎士で守りを固めている。

（顔も神秘性を保つために隠《かく》している、か）

ウィリアムは鼻で笑った。

「王家は即刻《そっこく》聖女様を出せー！」

口火を切ったのは、集まった国民の一人である。

「自分たちだけ守られてるなんて卑怯《ひきょう》だぞー！」

「「そうだそうだ！」」

騒《さわ》ぐ中には、おそらく教会が仕《サ》込《ク》んだ人間《ラ》もいるのだろう。彼または彼らが国民の怒《いか》りをうまく誘導《ゆうどう》している。

「そもそもなぜ王家の許《もと》に聖女様がいる⁉　聖女様を教会へ返せー！」

「「返せー！」」

「王家が聖女様を派遣《はけん》してくれなかったせいで、私の旦那《だんな》が腕《うで》を怪我《けが》したんだ！　王家は責任を取れー！」

この抗議《こうぎ》デモは、国民側から申請《しんせい》があったものではない。王家から国民へ、説明の機会を設けると御触《おふ》れを出したものだった。

つまり、互《たが》いの思惑《おもわく》が一致《いっち》した結果なのだろう。教会と王家、それぞれのトップが顔を突《つ》き合わせることとなった、この状況《じょうきょう》は。

おそらく教会は、王家がこの場を用意しなくても、国民をうまく誘導して抗議デモの申請をさせていたに違《ちが》いない。そうして結局この場は設けられることになっていた。でなければ、引きこもりの教皇が出てくる理由に説明がつかないからだ。

もしかしなくても、教会はこの場を設けるために魔物《まもの》を利用したのだろう。

そしてウィリアムもまた、同じように教会との決着をつけるため、この日まで奔走《ほんそう》し、前もってフェリシアを外に出していた。

「静粛《せいしゅく》に願おう」

広場に国王の声が響《ひび》き渡《わた》る。昨日まで病気で休んでいた者とは思えないほどの声量だ。まだ衰《おとろ》えていないその威厳《いげん》には、近くで控《ひか》えるウィリアムも口端《こうたん》を上げた。

痩《や》せ細った見た目に騙《だま》されていた国民たちは、一瞬《いっしゅん》にして静まり返っている。

「この国の王として、皆《みな》の疑問に順に答えさせていただく。まず、昨日の魔物について。出現を確認《かくにん》した場所は王都の東、西及《およ》び中央だ。このいずれにも騎士が派遣され、一般《いっぱん》人の被害《ひがい》は若干《じゃっかん》名、全員が軽傷である。間もなく魔物は撃退《げきたい》された。次に聖女の派遣について。皆、ここで思い出してほしい。聖女は瘴気《しょうき》を浄化《じょうか》できても、魔物の瘴気は浄化できない。これは周知の事実である。また聖女は特殊《とくしゅ》な力を持つとはいえ、訓練された騎士とは違い、戦闘《せんとう》能力は皆無《かいむ》に等しい。そのような無防備な者を、どうして魔物の前に差し出すことができよう」

国王の通る声が、優《やさ》しく語りかけるように問いかける。

本来なら魔物の討伐《とうばつ》後、辺りに漂《ただよ》う瘴気を浄化するため、聖女は派遣される。

しかし聖女は教会に連れ去られ、あのときは派遣したくてもできなかった。この場で聖女誘拐《ゆうかい》を告発することは簡単だが、証拠《しょうこ》がない今、いくらでも言い逃《のが》れされてしまうだろう。最悪の場合、責任転嫁《てんか》だと指を差されるかもしれない。

だからウィリアムと国王は、同情に訴《うった》える作戦にした。

王妃《おうひ》に支えられながら、国王はもう一度問いかける。

「聖女はまだ二十にも満たない若い娘《むすめ》だ。皆にも同じ年頃《としごろ》の家族や友人、知人がいるだろうか。魔物を前にした聖女は、皆のその家族や友人、知人と同じなのだ。聖女として、彼女が十分すぎるほど貢献《こうけん》してくれていることを、我々《われわれ》は知っているはずだ」

だんだんとどよめきの波紋《はもん》が広がっていくところを、ウィリアムは肌《はだ》で感じ取っていた。

誰《だれ》にも気づかれぬよう、そっと身を引く。

「この国の王として、皆に願いたい。聖女の役目とは、空気中に漂う瘴気の浄化であり、決して魔物の浄化ではない。我らのために身を粉にして瘴気と戦ってくれている聖女のため、どうかそれを忘れないでほしい」

終始穏やかな声音《こわね》で続いた国王の演説に、ぱち、ぱち、と小さな拍手《はくしゅ》が上がる。

それはやがて大きな拍手を呼び、広場が軽快な音で満たされた——そのとき。

「うわぁっ！」

腹の底から恐怖《きょうふ》を吐《は》き出したような声が広場に響き渡った。

「なんだ？」「どうした？」人々が混乱し始める。近衛騎士《このえきし》が警戒《けいかい》し、国王と王妃を囲んだ。王立騎士団の騎士たちが国民を守ろうとすぐに動く。

「魔物だ！」

誰かが叫《さけ》んだ。それを皮切りに、集まっていた人々が我先に逃《に》げようと駆《か》け出した。大パニックだ。まさか王宮の中で魔物が出ると思わなかった人々は、正門を目指し、あるいは庭園の方へ逃げ、皆がバラバラに散っていく。魔物は一体だけではない。騎士たちにとって守りにくい状況が出来上がってしまっている。

しかしその混乱の中にあって、誰よりも落ち着いている人物がいた。

聖騎士に守られながら、薄《うす》いフェイスヴェールで顔を隠した人物。

教皇が、堪《こら》えられないとばかりに笑《え》みを漏《も》らした。

「おや、何か面白《おもしろ》いことでもありましたか。教皇聖下」

刹那《せつな》、聖騎士の剣《けん》が教皇の背後に迫《せま》ったウィリアムへ向けられる。

「さすが聖騎士。気配には疎《うと》いようですが、反応速度は十分なものです」

対するウィリアムの騎士たちも、そんな聖騎士に向けて切っ先を突きつけている。

「あなたの――いや、おまえの言葉を借りるなら、ぎりぎり〝合格〟といったところかな？　アルフィアス」

ウィリアムが教皇のフェイスヴェールを勢いよく剝《は》ぎ取った。

露《あら》わになる赤い瞳《ひとみ》、眩《まぶ》しい銀髪《ぎんぱつ》。作り物のような綺麗《きれい》な顔が、歪《いびつ》な笑みを刻んだ。

「ふ、ふふふ。あははっ。なぁんだ、とっくに気づかれていたんですか。残念です、全然驚《おどろ》いてもらえなくて。ヴェールは以前姫君《ひめぎみ》がやっていたのを真似《まね》てみたんですけど、あまり意味はなかったということですね」

「教皇がほとんど姿を現さないのは、神秘性を保つためなんかじゃない。おまえのその変わらない顔を隠すためだ。まんまと騙《だま》されたよ。いつからその座に収まっていた？　少なくとも数年前の話ではないだろう？」

ウィリアムが寝《ね》る間も惜《お》しんで調べていたのは、歴代の教皇のことだった。そのときに予想外の掘《ほ》り出し物も出てきたけれど、もともとの目的は教皇について探《さぐ》ることだったのだ。

「調べたら、確認できる記録の中でも、教皇はもう何十年も前から表に出ていなかった。これを〝普通《ふつう》〟とすり込まれてしまった私たちは、これまでその正体に疑問を持つことはなかった」

「でも君は疑問を持った。何がきっかけだったのか気になりますね」

「興味深かったのは、王家の中に突然《とつぜん》精神を壊《こわ》し、早世した者が何人かいたことだ。彼らの共通点は幼い頃《ころ》に銀髪の家庭教師がいたこと。私にとっては十分すぎるきっかけだろう？」

両者の間に緊迫《きんぱく》した空気が流れる。

睨《にら》み合う瞳を先に逸《そ》らしたのは、アルフィアスのほうだった。

「なるほど。さすが、素晴《すば》らしいですねウィリアム。それを単なる偶然《ぐうぜん》の一致とせず、詳《くわ》しく調べたわけですか。そしてちゃんと僕に辿《たど》り着いている」

「おまえに褒《ほ》められても嬉《うれ》しくないよ」

「僕は嬉しいですよ。ますます君が欲しくなりました。君ならきっと壊れない。強靱《きょうじん》な肉体と精神を兼《か》ね備えた、歴代の王族の中で最も闇《やみ》の性質に近い者。君が一番、僕の人形に相応《ふさわ》しい」

「それで、おまえは何者だい？　童顔なんていうレベルは超《こ》えた。どれほど少なく見積もっても、百年近く同じ顔などありえない」

「どうしてそう言い切れるんです？　同じ銀髪というだけで、同じ顔とまではわからないでしょう？」

「おまえに恋《こい》した憐《あわ》れな女性王族が、日記を残していたんだよ。恋する女性を甘く見てはいけないね。彼女には絵の才能があった」

「それはまた……ハニートラップはほどほどにすべきということですね」

「だが、わからなかったのはおまえの目的だ。その動機も、正体も。人間ではありえない」

「それが知りたければ、まずはこの状況をどうにか……」

そこでアルフィアスが、何かに気づいたように言葉を止めた。訝《いぶか》しむように周りを見回して初めて、悲鳴が聞こえなくなっていることに気づいたらしい。

全《すべ》ての魔物は騎士たちによって制圧され、どの魔物も瘴気を浄化されている。よく見れば、何人かの騎士たちが飛び道具のようなものを手に持っていることがわかるだろう。

「あれはまさか、浄化薬……？」

「ご名答。私の自慢《じまん》の妻の力作だよ。名付けて〝浄化薬銃《じゅう》〟と言っていたかな」

これもまた、教会との決着をつける上でウィリアムが準備をしたものだ。

教会が――アルフィアスが魔物と何らかの関係を持っていると予測した時点で、薬師《くすし》室に急ぎ用意してもらったものだ。

「へぇ……。本当にあの姫君は、なかなかどうして、僕の邪魔《じゃま》をしてくれますねぇ」

そのとき、視界に黒いモヤがチラついた。瘴気だ。アルフィアスから滲《にじ》み出ている。驚く間もなくそれがウィリアムの許《もと》へと向かってきた。

しかし襲《おそ》われる直前、ぱあんと弾《はじ》けるように霧散《むさん》する。

「⁉　なぜ……っ」

「なぜってそんなの、それが聖女の役目だからですよ！」

そう言ってどーんと登場したのは、黒髪《くろかみ》黒目が特徴《とくちょう》的な、異世界から来た聖女《サラ》だ。

そのサラの隣《となり》にはフレデリクもいる。

「あんまり私をなめないでください。恩人の殿下《でんか》に瘴気を憑かせるなんてそんなこと、絶対させませんから！」

アルフィアスが赤い瞳を瞠目《どうもく》させた。

「ありえない。なぜ聖女がここに」

「簡単な話です。入れ替《か》わったんですよ、黒髪のカツラを被《かぶ》ったある人と。その人がわざと追っ手に捕《つか》まって私たちを逃がしてくれたんです。教会も一枚岩じゃないみたいですから、教皇の命令にただ従っているだけの聖騎士さんたちは、怯《おび》える女の子の瞳を覗《のぞ》くような無粋《ぶすい》な真似はしなかったみたいですね」

サラにそう返されて、アルフィアスが察したようにウィリアムへ視線を投げてくる。

「この世界にはカラコンがないから、瞳を見られたらどうしようかと思いましたけど、黒髪ってだけでライラさんを聖女だと思ってくれて助かりました」

そう、これも、ウィリアムの作戦の一つである。だからライラには最初から黒髪のカツラで変装させていた。途中《とちゅう》でサラと入れ替わるために。

現在教会に捕まっているのは、囮《おとり》になったライラだ。

「……驚きました。まさかここまでとは。君はいったいどこまで読んでいたのですか？　ウィリアム」

「残念ながらさすがの私も全部を読んでいたわけではないよ。ただあらゆる可能性を考慮《こうりょ》して、あらゆる対策を立てただけだ。いくつか無駄《むだ》になったものだってある。サラのは運良く実を結んだけれどね。教会に捕まっているはずの聖女が実は脱出《だっしゅつ》済みだったら、十分敵の意表をつけるだろう？」

「ははっ、まんまと嵌《は》められましたよ。教え子の成長は嬉しいですけれど、想像以上の成長は嬉しくありませんね。そして、ここまでの騒動《そうどう》になっても姫君が出てこないのも――」

「仲間外れにしたと、フェリシアにはあとで怒《おこ》られるつもりだ」

「君を手っ取り早く堕《お》とす道具として彼女を使うだろう僕に、先手を打ったわけですか」

「王宮《ここ》が舞台《ぶたい》になる確率は高かったからね」

「そう……ふふ、そうですか。ははは、あはははっ！」

急に沸点《ふってん》を超《こ》えたように、アルフィアスがお腹《なか》を抱《かか》えて笑い出す。

「本当に君は素晴らしい！　人間がここまで僕を追いつめますか。ああ、ぞくぞくしますね。これが恐怖《きょうふ》でしょうか。僕の中の負の感情が増幅《ぞうふく》されていくのがわかる。皆《みな》が君を恐《おそ》れているようです。それがこんなにも心地好《ここちよ》いなんて……」

ついに意味不明なことまで喋《しゃべ》り出したアルフィアスに、誰《だれ》もが警戒感《けいかいかん》を強めた。

魔物はもう元の無害な動物に戻《もど》っている。怪我《けが》人はいない。アルフィアスを含《ふく》め、教会側の人間は完全に包囲されている。

この状況《じょうきょう》下で、しかしアルフィアスは恍惚《こうこつ》と笑い続けていた。笑える余裕《よゆう》が残っているのだ。

(なぜだ？　何があいつをそうさせる？)

ウィリアムは素早《すばや》く周りに視線を配る。アルフィアスの逆転を狙《ねら》えるような要素はもう何もないはずだ。

(だが、この嫌《いや》な感じはなんだ？)

そこでやっと気づく。

――聖騎士《きし》は、なぜこんなにも大人しい？

守るべき教皇が包囲されているにもかかわらず。

パチンッ。アルフィアスが軽快に指を鳴らした瞬間《しゅんかん》。

「あ、あぁ……あぁぁぁ……！」

大人しかった聖騎士たちが、一斉《いっせい》に頭を抱えて唸《うな》り出した。それがあちこちから聞こえてきて、この場に集まっていた人々のものだと気づくのに時間はかからない。

そしてその全員の身体《からだ》から、瘴気《しょうき》が立ち上っている。

「うそ、何これ……。で、殿下！」

同じく瘴気が見えるサラとフレデリクが、いち早く異常事態を察知する。

さすがのウィリアムもこればかりは予想していない。確かにこれまで人に瘴気が取り憑《つ》いていたことはあったけれど、まさかこの大勢にそれをやってのけるとは考えていなかったのだ。

「人間とは、いつの時代も愚《おろ》かな生き物です。少し突《つつ》くだけで、こんなにも簡単に負の感情を生んでくれるのですから――！」

ぼわっと、アルフィアスの言葉に呼応するように瘴気が空を貫《つらぬ》いた。

第四章 ⁂ これが転生した理由です！

時は少し遡《さかのぼ》り、フェリシアがゲイルに捕まったあとのこと。

なんとか教会から脱出しようと意気込んだフェリシアは、五階に位置する部屋の窓からシーツを繋《つな》げて外に垂らした。

扉《とびら》の外側でフェリシアが逃《に》げないように見張りをしていたゲイルは、部屋の中の異変を感じ取ると勢いよく扉を開けて中に入ってきた。

「おいおい、嘘《うそ》だろ……王女さん!!」

叫《さけ》んだ彼が慌《あわ》ててバルコニーに出て、あろうことか、その下を覗いて確認《かくにん》することなく身を乗り出した。

「くそっ、死なせるかよっ」

そのまま飛び降りようとするので、

「ちょっと待ってゲイル！」

フェリシアは背後から彼の腰《こし》を抱《だ》きしめて止める。ぎょっとしたゲイルが振《ふ》り返ってきたが、身体《からだ》はまだ重力に従って落ちようとしていた。

「ちょ、ま、なんでっ……っておわわわ、落ちる落ちる落ちる！」

「踏《ふ》ん張りなさいよぉ……！」

「いやこれ王女さんのせい、でっ、とぉ！　──おわっ」

「ぅぶっ」

ゲイルがなんとか重力に逆《さか》らおうと奮闘《ふんとう》した結果、二人は見事落ちずに済んだ。

それはいいのだが、勢い余って尻餅《しりもち》をついたフェリシアの上に、ゲイルが覆《おお》い被さるように倒《たお》れ込んできたのは良くなかった。おかげでフェリシアはゲイルの腹筋に鼻を強打する。

「あなたのお腹なに⁉　信じられないくらい硬《かた》いんだけど！」

「いや～それほどでも～」

「今は褒《ほ》めてないのよ！」

しかしフェリシアの身体が痛みを訴《うった》えたのは、鼻だけだった。ゲイルが倒れ込んだのなら、そのまま背中や頭もバルコニーの固い床《ゆか》にぶつけて、今頃鈍痛《いまごろどんつう》を感じていてもおかしくないというのに。

代わりに、フェリシアの後頭部にはゲイルの右手が回されている。彼の左手は、フェリシアを潰《つぶ》さないよう床を突《つ》っぱねていた。

背中から倒れ込んできたはずなのになんとも器用に守ってくれたものだと、フェリシアは噴《ふ》き出してしまった。

「ゲイル」

「はい今すぐどきます！　はいどいた！　どいたから今の絶対殿下《でんか》に言わないでくださいね！　俺王女さんに指一本触《ふ》れてないってことにしてくださいね！　じゃないと俺死んじゃいますからね!?」

本当に光の速さでフェリシアの上から退《ど》いたゲイルは、なぜか自主的に正座している。あ、この世界にも正座ってあるんだ、とどうでもいい感動を心の片隅《かたすみ》で受けながら、フェリシアは彼の目の前にしゃがみ込んだ。

そしてにっこりと笑って。

「やっぱりあなた、裏切ってないでしょ」

断言してやる。

「いや、それよりこれ、どういうことっすか？　なんで王女さんがいるわけ？　窓から飛び降りたんじゃ……」

「そう見せただけよ。下を覗いてみればわかると思うけど、シーツ、地面には全然届いてないのよ？　少し考えれば五階分の長さをあの短時間で調達できるはずないって、わかる人にはわかるわ」

「え、もしかして遠回しに俺のこと馬鹿《ばか》って言ってます？」

「あとね、普通《ふつう》はいくら状況《じょうきょう》的に飛び降りたと思っても、最初に下を覗《のぞ》くものよ。いきなり自分も飛び降りようとはしないものなの」

「やっぱり馬鹿って言ってますよね？」

フェリシアは「そうね」と目を細めた。

「そんな真っ直《す》ぐなお馬鹿さんだから、私はあなたが裏切ってないと確信できたわ」

ゲイルが気まずそうに顔を逸《そ》らす。

彼はお調子者を演じて本心を隠《かく》すことはあるけれど、こういうふうに真っ正面から詰《つ》め寄られると弱いのだ。短くはない付き合いの中で、フェリシアが見つけたゲイルの弱点である。そういうところが憎《にく》めない男なのだ。

フェリシアがこんな芝居《しばい》をしたのも、逃げるためではなく、フェリシアがいなくなったと知ったときのゲイルの反応を確認するためだった。

あのときもし、ゲイルがフェリシアを見捨てたら、フェリシアは彼が外に気を取られているうちに扉から脱出《だっしゅつ》したことだろう。

でも彼はフェリシアに逃げられたことではなく、真っ先にフェリシアの身を案じ、助けようとしてくれた。

「ねぇゲイル。教えてほしいんだけど、下も確認せずに飛び降りようとしたのは、どうして？」

フェリシアを助けようとしたからだと、そう答えればいい。

「そりゃ、逃げられたら、報酬《ほうしゅう》がなくなるんで」

「じゃあさっき、私が頭を打たないように守ってくれたのは？」

フェリシアが怪我《けが》をしないように、護衛として守ったのだと返せばいい。

「それは、まあ、反射的な？」

「じゃあ今、私を殺さないのは？」

殺す必要がないからだと、そう白状すればいいのだ。

彼が本当に教会側の人間なら、フェリシアはすでに殺されていただろう。なぜなら教会側は、変装した今のフェリシアの正体を知らないのだから。

ただの世話係の女なんて、邪魔《じゃま》をするなら問答無用で消していてもおかしくはない。

「あ、あー、それはですね」

いい言い訳が思いつかないのか、ゲイルが視線を泳がせる。

フェリシアはゲイルの回答を焦《あせ》らずに待った。問い詰めようと思えばできたけれど、彼から話してくれなければ意味がないからだ。

「殺せって、命令されてないからっすかね？」

「じゃあどんな命令をされたの？」

「侵入者《しんにゅうしゃ》は排除《はいじょ》しろって言われましたけど、でもそれはあちらさんの命令で……！」

「ということは、その言い方だと『こちらさん』もいるのね？」

間髪《かんはつ》を容《い》れずに突っ込めば、ゲイルが「もー！」と叫《さけ》んだ。

「なにこれ怖《こわ》い！　まるで殿下に問い詰められるときと一緒《いっしょ》！　喋《しゃべ》れば喋るほど墓穴《ぼけつ》掘るー！」

床の上でごろごろと転がるゲイルを、フェリシアは若干《じゃっかん》引いた目で見つめた。

でも彼の言葉には、少しだけ誇《ほこ》らしげに背筋を伸《の》ばす。

「それは褒《ほ》め言葉よ、ゲイル。私もね、ウィルを見習って勉強中なの。といっても別に政治に介入《かいにゅう》したいわけじゃないけどね？　これはウィル対策だから」

「へ？　殿下対策？　どゆこと？」

「だってほら、ウィルって物心ついたときから狸《たぬき》みたいな大人たちに囲まれて、本人の意思に関係なく、生き延びるために処世術を身につける必要があったじゃない？　だからそういうのがもう身に染《し》みついちゃって、今じゃ誰《だれ》が相手でも無意識に灰色の言葉を使うのよ」

そう、嘘ではないけれど、真実でもない言葉を。

相手がどうとでも取れるような、曖昧《あいまい》な言葉を。

それはフェリシアにも容赦《ようしゃ》なく使われて、翻弄《ほんろう》される。

「でも私は、できれば理解したいの。特にウィルが私のために隠そうとしたことは、気づいてあげたいと思うから」

だってそういうときは、大抵《たいてい》彼がフェリシアを守ろうとしているときだ。フェリシアのために何かをしようとしているとき。

「そう気づいてからはね、ある意味わかりやすくなったわ。ウィルが灰色の言葉を使ったら、『あ、また何か企《たくら》んでるわね』ってすぐに気づけるようになったの。さすがのウィルも、まさかこんな気づき方をされるとは思ってないんじゃないかしら、ふふ」

「まあ、普通はそんな気づき方見つけないですからねぇ」

「でしょう⁉　これならウィルの先回りができると思ったの」

「先回り？」

そうよ、とフェリシアは答えた。ゲイルは起き上がり、今は胡座《あぐら》をかいている。

「ウィルに教えてあげるの。私はそこまで過保護に守られなくても大丈夫《だいじょうぶ》だって。もう何度もそう言ってきたのに直らないのなら、私がウィルの裏をかいて、私だってできるんだってところを見せるしかないじゃない」

「いや〜、あの殿下に勝つなんて、難しいと思いますよ？　別にいいじゃないっすか、心配させとけば。それで王女さんの不利益になることもないんだから。余計なことするほうが大変なことになるんじゃないかな〜、と思ったり思わなかったり」

ゲイルの忠告が心に刺《さ》さる。それはフェリシアも考えなかったわけではない。

自分が余計なことをするほうが彼の負担になるのでは？　そう何度も自問したことがある。

「でもそれじゃあ、誰がウィルを助けるの？」

「へ？」

何度も悩《なや》んだけれど、結局行き着く答えは同じだった。

「ウィルは怖《こわ》がってるの。大切な人をまた失うことを。その中に私が含《ふく》まれてることくらい、あんなに大切にしてもらってたら自覚も持つわ。だからウィルは、私を失うことを怖がってる。それってつまり、ウィルからのＳＯＳだと思うの。いなくならないで、逃《に》げないで、消えないで――。ウィルに守られるたび、そんな声が聞こえてくるわ」

実際にそう言われたこともあれば、彼の瞳《ひとみ》がそう訴《うった》えてきたこともある。

「そのたびに悲しくなるの。私はもう逃げない、どこにも行かない、消えないわって、何度言っても、ウィルは心のどこかで怖がってる」

彼の過去がそうさせているのだと、フェリシアは知っている。

たとえアルフィアスのことを吹《ふ》っ切れたとしても、それによって植え付けられた心の傷はなかなか癒《い》えるものではない。

「私はウィルを安心させたいの。このままじゃいつまで経《た》ってもウィルは怖がってばかりよ。そんなの本人が気づかないだけで、心には大きな負担がかかってるわ。だから私は、これくらいのこと私でもどうにかできるし、何があっても私はウィルの許《もと》に戻《もど》るし、絶対にいなくならないって、もう消えるつもりなんてないって、そう証明したいの！」

彼がそんなにも不安になる一因を、おそらくフェリシア自身も作ってしまったから。

フェリシアがシャンゼルに来て間もない頃《ころ》、前世を思い出したばかりで、とにかく攻略対象者《ウィリアム》から逃げなければと焦ってしまい、彼の許から消えようとしたことがある。

ウィリアムの心の隅《すみ》っこには、いまだにあのときのフェリシアが住み続けているのかもしれない。

「だから協力して、ゲイル。あなたは私の護衛でしょう？」

「うわ、小悪魔がここにいる」

「私、もう気づいてるのよ。あなたに命令を出した『こちらさん』って、ウィルなんでしょう？」

ゲイルが自白した「あちらさん」が教会だとして、フェリシアが彼に何も命令なんてしていないのなら、ゲイルにそんなことができる人物は他《ほか》にあと一人しかいない。

「そもそもウィルの様子がおかしいことには気づいてたもの。きっかけはさっきも言った灰色の言葉だけど、他にも何かに焦っているように見えたし、このサラ様救出作戦だって、やたらと大人しくしているように注意されて、まるで私が捕《つか》まる前提で話してたわ。『私が必ず助けに行くから、大人しく待っているんだよ』って、そんな言葉が出てくるのはやっぱり変よ。そもそも私がこの作戦のメンバーに選ばれたことも、よく考えると腑《ふ》に落ちないわ」

ウィリアムは人手不足を理由にしていたけれど、王太子妃《ひ》をわざわざ選ぶのは、やはりおかしい気がするのだ。

フェリシアだから快《こころよ》く引き受けたものの、これがたとえば他国の王太子妃に置き換《か》えてみると、この人選には違和感《いわかん》しかない。

それこそフェリシアを進んで危険な目に遭《あ》わせようとしないウィリアムとは、真逆の行動になる。

「そこで私、閃《ひらめ》いたの」

「閃いちゃいましたか」

「もしかしてこれ、仲間外れにされた？　って」

「なんか言ってることとわかるようなわからないような」

「でもそれなら、サラ様誘拐《ゆうかい》事件は？　どこからどこまでがウィルの意図したものなのか、ちょっとこんがらがってきてるの。でもウィルがサラ様を巻き込むとは思えないから、やっぱりゲイルに捕まってるこの状況《じょうきょう》がウィルの意図したことだと思うの」

「ほーほー」

「だからあなた、二重スパイとか、そんな感じでしょ？　で、ウィルは何か壮大《そうだい》なことをやろうとしてる。それも王宮で。だから私を王宮から遠ざけた。王宮でなければどこでも良かったのね、きっと。そして都合《つごう》良く王宮から遠ざけられる口実ができた。だから私が救出メンバーに選ばれて、こうしてあなたに足止めされてる――ほら！　ものすごく腑に落ちる推理じゃない⁉」

疑問だらけの人選も、ウィリアムがフェリシアを守るためだと考えれば、自分でも驚《おどろ》くほど推理が捗《はかど》った。

「いや本当、なかなか面白《おもしろ》い推理しますよねぇ。ってことは、もちろん根拠《エビデンス》もおありで？　探偵《ディテクティブ》さん」

「あら、それはもちろん――ないわ！」

「ないのかよ！　え、マジで？　それもお得意の勘《かん》っすか？」

「勘と状況を照らし合わせた推論よ。あとウィルの様子ね。全《すべ》てが終わったあと私が怒《おこ》るだろうとか、だから先に罰《ばつ》をもらうんだとか、言われたときは意味がわからなかったけど、やっとわかったわ。まあ、これも勘なわけだけど。みんなに勘がいいって言われるし、ここまできたらその勘を信じることにしたわ」

「わぁ、開き直ってるぅ」

「でもそうなると、あなただけが協力者とも言えなくなるのよね。だってあの魔物《まもの》はなに？　フレデリク様たちを襲《おそ》ったのはなんで？　演技？　ライラは？　知ってる側？」

「ちょっ、待って待って。そんな一気に質問しないで。つーか俺が裏切ってないことはもう確定なんすか？」

フェリシアはきょとんとゲイルを見つめる。何を言っているのだろうこの男は、と本気で不思議に思った。

ずっとしゃがみ込んでいて痺《しび》れてきた足を労《いたわ》るため、フェリシアは立ち上がる。その際、ゲイルに向かって手を差し伸《の》べた。

「さっきも言ったじゃない。あなたは私の護衛よ」

ぽかんと口を開けたゲイルが、フェリシアと差し出された手を交互《こうご》に見ている。するとと何を思ったのか、彼が急に腹を抱《かか》えて笑い出した。仕方ないので落ち着くのを待っていたら、目尻《めじり》を拭《ぬぐ》った彼がフェリシアの手に自分の手を重ねた。

思いきり引っ張って立たせてやる。

「いや間違《まちが》いないっす。俺は王女さんの護衛でしたね」

「兼《けん》、趣味《しゅみ》仲間よ」

「そうだった。ははっ」

なぜここで笑うのか。あんなに何度も趣味仲間だと言ってきたのに、また忘れたゲイルにフェリシアのほうは呆《あき》れるばかりだ。

「あーもー、ほんと、王女さんがこれだからなぁ。そりゃ、裏切れないっすよね」

「？　今なんか言った？」

部屋の中に戻る途中《とちゅう》、後ろにいるゲイルが何か言った気がするのに、小さくて聞き取れなかった。

　ゲイルが「何も？」と否定するので、それ以上追及《ついきゅう》できなくなる。

　代わりにフェリシアは、ゲイルの知っている全てを話すよう要求した。


「王女さん、こっち！　近道です！」

　翌日、フェリシアはゲイルと王都を全力疾走《しっそう》していた。

「やっぱり馬に乗ったほうが早かったんじゃないの!?」

「俺は別にいいですけど、王女さん乗れるんですか？」

「乗れないわ！」

「じゃあなんで提案したんすか!?」

「あなたに乗せてもらえばいいじゃない」

「嫌《いや》っすよ！　そんな状態で万が一にも殿下《でんか》と遭遇《そうぐう》したらどうすんですか！」

「いくらなんでも馬に一緒《いっしょ》に乗ったくらいで文句は言わないわよ。緊急《きんきゅう》事態なのよ？　ウイルはそこまで心狭《こころせま》くないわ！」

「いや狭いんですよ、あんたの旦那《だんな》は！」

なんて言い合いをしながら、人目の少ない道を選んで王宮を目指している。

というのも、ゲイルから聞いた真実がフェリシアをここまで焦《あせ》らせているからだ。

「ピィ――」

頭上から空気を貫《つらぬ》いて高音が落ちてくる。ゼンだ。空を旋回《せんかい》して、この先に追っ手がいることを教えてくれる。

「ゲイル、こっちよ！」

「いやもうツッコミどころが満載《まんさい》で……！　とりあえずあの鷹《たか》、俺が欲しい！」

「だからあの子は野生なの！　捕まえたらその口にトリッキー放《ほう》り込むから！」

もはや鬼《おに》ごっこをしている気分になってくる。ちなみに鬼は聖騎士《きし》だ。捕まったらただでは済むまい。

しかもフェリシアは今、変装用のカツラを被《かぶ》っていない。

事は前日に戻《もど》り、ゲイルに全て白状させたあとのことである。

やはりフェリシアの予想どおり、ウィリアムはフェリシアを守るために、あえて教会に送ったらしい。

『王女さんの勘のとおり、俺は二重スパイとして教会と繋《つな》がってたんです。もともと前財務大臣繋がりで縁《えん》は持ってましたからね。そこに目を付けた殿下が、そのまま二重スパイとして潜《もぐ》り込んでいろと命じたんです』

教会は王家にとって敵対関係にあると言ってもいい組織だ。表向きは良好に見せているが、内実は複雑なのだという。

『殿下はずっと教会が何かを企《たくら》んでると踏《ふ》んでたらしいっす。〝そのとき〟に後《おく》れを取らないよう根回しをしている最中だから、おまえもその一つになれって言われましたね』

それはゲイルがフェリシアの暗殺依頼《いらい》を受け、失敗したときのことらしい。

フェリシアを気に入ったゲイルは、ウィリアムの許《もと》に己《おのれ》を売り込みに行った。その交渉《こうしょう》時に出された条件が二重スパイだったという。

ウィリアムがやたらと「ゲイルは暗殺者だから気をつけろ」と忠告してきたのは、ゲイル曰《いわ》く、敵を欺《あざむ》くにはまず味方からということと、あとは単純に男《ゲイル》を近づけたくなかったからだろうとのことだった。なんとも紛《まぎ》らわしい伏線《ふくせん》を張ってくれたものだと思う。

『まあ、細かい命令はどちらからもちょこちょこ受けてましたけど、最近、どでかい命令が下されたんですよ、教会からね。それが地下牢《ちかろう》に繋がれた〝アルフィアス〟の脱獄《だつごく》っす』

それを聞かされたとき、フェリシアは腹の底から驚愕《きょうがく》の声を出した。あんなに叫《さけ》んだのは久々だったと思う。

『でも素直《すなお》に聞くのも嫌じゃないっすか？　せっかく殿下のトラウマを捕《つか》まえたわけだし、あいつ王女さんにも色々ちょっかいかけてたって聞いてたし。でも変に反論して怪《あや》しまれるのも困るし……って考えた結果、反論じゃなくて質問してみたんですよね。なんで一信者をわざわざ危険を冒《おか》してまで脱獄させる必要が？　って』

枢機卿《すうききよう》の一人は答えた。──おまえが救い出すのは〝教皇〟である。

『いやもうびっくりもんのびっくりっすよ。そこで笑い出さなかった俺を褒《ほ》めてほしい。本当に褒めてほしかったから、あとで殿下にそう言ったら褒めてくれたんすけど、それはびっくり通り越して怖《こわ》かったです』

そんな報告は要《い》らないと、フェリシアは話の続きを促《うなが》した。

『とりあえず、やっぱりまだ怪しまれるには早いと思ったんで、脱獄させました』

『させたの⁉』

『させましたよ～。教皇だってわかってれば、脱獄させても居場所は割れてるようなもんですからね。問題ないと思って。そんで殿下に報告したら、自分の推測が当たったのが嬉《うれ》しかったのか、生き生きと作戦を立て始めて』

その立案には、ゴードンなどの王室派の幹部も関《かか》わったという。

『というわけで、教会の権威《けんい》をこれで一気に削《そ》ぎ落とそう大作戦がめでたく立ち上がったわけなんですけど、そこで問題になったのが王女さんでした』

『私？』

『そ。ほら、あの教皇って、めっちゃ殿下に執着《しゅうちゃく》してるでしょ？　で、その殿下を手に入れるために、王女さんも何度も目を付けられたじゃないっすか』

姉の事件しかり、王妃《おうひ》の事件しかり。ゲイル曰く、おそらく前財務大臣がその始まりだった可能性は高いと言う。

『となると、また王女さんが狙《ねら》われる確率は高い。殿下はもちろん、幹部の皆《みな》さんもそれはまずいって話になったんすよ』

『どうして？』

『王女さんに何かあったら殿下が魔王《まおう》と化しますからね。皆さんそれをよく理解してます。面白《おもしろ》かったですよ〜。いい年したおっさんらが、あーでもないこーでもないって、夜通し王女さんの安全確保について熱弁してましたからね』

フェリシアは目眩《めまい》がした。申し訳なさと国の幹部が何をやっているんですかという二重のショックで、ソファへと倒《たお》れ込む。

『結局それでも決まらなかったところに、殿下のひと言ですよ。いっそ教会に隠《かく》そうって。灯台下《もと》暗しとはよく言ったものだよねって』

そのひと言で、フェリシアを教会に避難《ひなん》させることが決まったらしい。当初は、以前王妃から出された試練のように、教会に併設《へいせつ》された養護院に潜入《せんにゅう》させる予定だったとか。

しかし実際にそうしなかったのは、サラが連れ去られてしまったからだ。

『予定外の事態に作戦の一部変更《へんこう》が余儀《よぎ》なくされたんです。それで王女さんには聖女さん救出に加わってもらって、その先で俺が保護するっていう段取りになったんですよ』

『ライラとフレデリク様は？』

『王女さんの騎士さんは作戦を知ってます。でも聖女さんの騎士さんは知らないです。あの人は演技に向いてないって、殿下が言ってたんで。それに、聖女さんの救出だけに集中させたいとも言ってましたね。まあそのせいで俺もあの人を撒《ま》くのには苦労しましたけど。どうにかして王女さんだけを自然に切り離《はな》したかったんですけど、あの人めっちゃ強いし、殺気だけで俺、ちびるかと思いました』

そんなゲイルにとって嬉《うれ》しい誤算だったのが、フェリシアが仲間を守るために自ら一人になってくれたことだと言う。

ちなみに、魔物はアルフィアスから渡《わた》されたらしく、あんなに堂々と悪い顔でフェリシアたちを追いつめておきながら、実はいつ自分も襲《おそ》われるかとびくびくしていたようだ。

同じく作戦を知っていたライラでさえ、魔物の登場でフェリシアをゲイルに預けることを不安に思ったのか、あのときは本気でフェリシアを連れて逃《に》げようとしていたと思う、とはゲイルの抱《いだ》いた感想らしい。

『はい、というわけで、これが殿下の立てた〝王女さんを全力で匿《かくま》おう大作戦〟の全容です！』

と締《し》めくくられたフェリシアは、当然聞いた直後に王宮へ帰ろうとした。

ようはフェリシアが教会にいる今、まさに王宮でウィリアムは何か事を起こそうとしているわけなのだから。

『だから止めないで、ゲイル』

『どーどー、いったん落ち着きましょう、王女さん』

これが落ち着いていられるものか。

相手はあのアルフィアスなのだ。人に瘴気《しょうき》を取り憑《つ》かせることのできる、正体不明の危険人物。いくらフェリシアのためだったとしても、こればかりは黙《だま》って受け入れることはできないと思った。

そもそも、アルフィアスが一番に狙っているのはウィリアムなのに。

『申し訳ないですけど、王女さんにはまだ俺とここにいてもらわないと困るんです。あ、ちなみに聖女さんとその騎士《きし》さんなら、ちゃんと脱出《だっしゅつ》させてますから大丈夫《だいじょうぶ》ですよ。教会側にバレないよう、王女さんの騎士さんが身代わりになってくれてるはずですから』

『ライラが？　――あ、まさかライラのカツラの色って』

『そっす。聖女さんと同じでしょ？　でも顔でバレるんで、ひたすら天蓋《てんがい》の中に隠れて時間稼《かせ》ぎするのが騎士さんの仕事。で、事が終わるまで王女さんをここに留《とど》めておくのが俺の仕事……なんだけどなぁ！　ねぇ俺の話聞いてました⁉』

聞いていたけれど聞くつもりはないというのが、フェリシアの正直なところである。扉《とびら》に向かってダッシュを決め込んだのに、ゲイルにあっという間に先回りされてしまった。

結局その日はゲイルに気絶させられ、気づいたら翌日になっていた。

つまり今日、ゲイルが教会側の様子を見てくると言った隙《すき》に脱出しようとバルコニーに出たところ――外鍵《そとかぎ》をかけられたため、バルコニー伝《づた》いに隣《となり》の部屋に移動できないかと考えた――教会の聖職者に見つかってしまったのだ。

お隣のバルコニーから出てきた相手と目が合うや否《いな》や、二人して間抜《まぬ》けにも固まってしまった。どうやらその聖職者は下っ端《ぱ》だったようで、聖女の監禁《かんきん》部屋の掃除《そうじ》に来ていたようだ。

フェリシアがそれを知ったのは彼が盛大な愚痴《ぐち》をこぼしていたからなのだが、とにかく互《たが》いに人がいるとは思っていなかったため、しばらく硬直《こうちょく》から抜《ぬ》け出せずにいた。

先に現実に戻《もど》ってきたのは、聖職者のほうだった。『ふ、不審者《ふしんしゃ》！』と叫ばれたことで、フェリシアもようやく硬直から抜け出せた。

焦《あせ》ったフェリシアは本能的に扉の方へ逃げたが、ゲイルのせいで出られないことを思い出す。聖職者もまた扉側に回ってきたが、鍵がかかっていることに気づき、なんとバルコニー側からフェリシアを追いつめてきた。

そうして絶体絶命のピンチを迎《むか》えそうになったところで、ゲイルの帰還《きかん》だ――。

「王女さんが大人しく待っててくれたらこんなことにはならなかったんですよ⁉」

「だってまさか隣のバルコニーに誰《だれ》かいるとは思わないじゃない！　二重スパイなら華麗《かれい》に切り抜けてみせなさいよ⁉」

「無茶《むちゃ》言わないでくれます⁉　何も知らない聖職者からすれば、俺だってただの不審者なんですから！」

ゲイルを雇《やと》っていたのはあくまで教会の一部であり、その一部は、本日王宮へ出掛《でか》けているらしい。よって、誰もゲイルの身分を保証してくれない。

けれどそれは、フェリシアにとっては朗報だった。教会幹部が王宮へ出向くなんて、滅多《めった》にあることではないからだ。

つまり。

「おかげで今日ウィルが仕掛けるってわかったんだから、私は運がいいわ！」

「俺は最悪ですけどね！」

街の人混《ひとご》みに紛《まぎ》れ、路地裏の陰《かげ》に隠れ、やっと王宮に辿《たど》り着いたとき、フェリシアはもう息切れなんてレベルではない動悸《どうき》に襲われていた。

「大丈夫ですか、王女さん？」

大丈夫じゃない、と返事をしたくても、それすらしんどい。喉《のど》の奥から血の味がする。脇腹《わきばら》はきゅーっと差し込むような痛みが続いていて、とてもじゃないがまだ回復できそうになかった。

「とりあえず聖騎士は撒けたみたいですし、少し休憩《きゅうけい》を――」

そのとき、全身を急な悪寒《おかん》が走り抜けた。ゲイルも何かを感じ取ったのか、怖《こわ》い顔をして周囲を警戒《けいかい》している。

フェリシアも悪寒の原因を探《さぐ》ろうと辺りを見回したとき、黒いものが空を突《つ》き抜けている光景を目にした。

「ゲィ、ルっ」

動悸のせいで満足に声を出せないフェリシアは、ゲイルの服を引っ張って彼の気を引く。

「あれ、しょ……きが……っ」

本当にしんどい、と思いながら、フェリシアは空を指差した。しかしゲイルは瘴気が見えない。

理解できない顔の彼に、フェリシアはジェスチャーで「待って」と伝える。深呼吸して急いで呼吸を整えると、ゲイルの腕《うで》を乱暴に取った。

「来て！　瘴気が空を貫《つらぬ》いてるの！」

「ええ!?　なんすかそれ！　それってまさか、王宮のほうで!?」

「そうよ。だから急ぐわよ。ウィルが危ない……！」

「――さあ、どうしますか、この状況《じょうきょう》」

アルフィアスの合図で、突然《とつぜん》人々の身体《からだ》から瘴気が溢《あふ》れ出した。聖騎士、教会の幹部、それだけでなく集まった国民の中にも瘴気に取り憑かれている者が何人もいる。

「知っていましたか？　瘴気は人の負の感情が基《もと》になっているんです。世界に根を張る地脈に人々の負の感情が染《し》み込み、川の水がやがて海へ流れ込むように、それは世界の最果てへと流れていく。それがここ、シャンゼルです。始まりの国であり、最果ての国。ここには異世界へ繋《つな》がる扉があった。いいえ、扉があるここに、人間が国を造りました」

アルフィアスが演説するように悠々《ゆうゆう》と語る。

対照的にこの場は修羅場《しゅらば》と化しており、瘴気に取り憑かれた人々で混乱を極《きわ》めている。

厄介《やっかい》なのは国民だった。下手に怪我《けが》をさせるわけにはいかないからだ。

サラが瘴気を浄化《じょうか》しようと頑張《がんば》ってくれているものの、やはり取り憑いた瘴気の浄化にまでは至っていない。

浄化薬も、はたして足りるかが問題だ。

アルフィアスだけがこの混沌《こんとん》の中で、スポットライトを浴びた役者のように舞台《ぶたい》を楽しんでいた。

「最果てに溜《た》まった負の感情は、やがて瘴気へと気化し、再び世界を巡《めぐ》る。けれど人口の増加が瘴気の増加も招きました。瘴気が世界の許容量を超《こ》えたのです。そしてそのとき、異世界への扉が開いた」

アルフィアスは悠然とサラの許《もと》へ近づいていく。

「聖女という存在が誕生したのもそのときです。異世界への扉が開いたとき、たまたま落ちてしまったのでしょう。しかしその異邦人《いほうじん》は、瘴気を浄化できる力を持っていました」

アルフィアスがサラの目の前で足を止める。すかさずフレデリクが守るように遮《さえぎ》った。

剣先《けんさき》を向けられているにもかかわらず、アルフィアスは全く動じない。

先手必勝と言わんばかりに、フレデリクの剣がアルフィアスを貫いた。

「――!?」

「ふふ、どうです? 手応《てごた》えはありますか、フレデリク・アーデン。油断さえしなければ、僕はこんなこともできるんですよ」

剣は確かにアルフィアスの身体を貫いている。なのに血が一滴《いってき》も流れないどころか、肉を貫いた感触《かんしょく》がないことにフレデリクは困惑《こんわく》した。

そう、まるで、霧《きり》を貫いたみたいな手応えのなさだ。

どういうことかと貫いた相手の腹を見てみれば、本来なら見えるはずのない向こう側が映っている。

その周囲で霧状に蠢《うごめ》くのは、おそらく瘴気《しょうき》だ。

フレデリクは慌《あわ》てて剣を引いた。

「最初の聖女は、聖女の腕輪《うでわ》なんてものがなくても瘴気を浄化できました。ですが代を重ねるごとに、彼女たちは力のばらつきに気づいたのです」

瘴気がフレデリクを襲《おそ》う。サラが呪文《じゅもん》を唱えて浄化しようとするも、その速さに間に合わない。

「フレデリク！」

「逃《に》げてください、サラ様っ！」

瘴気はものすごいスピードでフレデリクの全身を覆《おお》っていった。

「いやっ、フレデリク、フレデリク！　しっかりして！」

フレデリクが膝《ひざ》を折る。瘴気のせいで身動きを封《ふう》じられてしまったようだ。

「その腕輪は、歴代の中でも最弱の聖女が作り上げたものです。力がない分、彼女は知識を持っていた。そうして足りない力を道具で補った。それがなければあなたも、他《ほか》の聖女も、そこまで脅威《きょうい》にはなりえなかったでしょう。本当に忌々《いまいま》しい女性でしたよ」

「うっ……フレ、デリクに、なに、したの……っ」

アルフィアスがサラの首に手を掛《か》ける。

しかしそのとき、アルフィアスの足に真っ黒な何かがしがみついた。フレデリクの手だ。

「サラ様を、放せ……！」

「これはこれは。人間の愛とは本当に――」

刹那《せつな》、アルフィアスの顔の横を一本の針が飛んで行く。

残念ながら直前で気づかれて避《よ》けられてしまったが、アルフィアスの手がサラから離《はな》れた。

その隙《すき》を見逃《みのが》さず、ウィリアムはサラとフレデリクの二人を回収した。

「悪いねフレデリク、おまえは重いから引きずったよ」

「っごほ、ごほっ。いえ、俺よりサラ様をっ」

「もちろん助けてる」

「フレデリク！　大丈夫《だいじょうぶ》!?　というかこれ、見えてるの？」

「サラ様……良かった。すみません、今は何も見えなくて」

ウィリアムが先ほど飛ばしたのは、フェリシアが完成させた浄化薬銃《じゅう》だ。

フレデリクの剣は避けなかったのに、アルフィアスがこれを避けたということは。

「おまえの正体がだんだんわかってきたね。信じられないが、おまえは瘴気そのものだ。瘴気の集合体……塊《かたまり》みたいなものか？」

アルフィアスがくすりと笑《え》みをこぼした。

「聖女の腕輪なんてものを開発したあの女性より、姫君《ひめぎみ》は比べものにならないくらい不愉《ふゆ》快《かい》な存在ですね。君の闇《やみ》を育てるためだとしても、生かしておくべきではなかった。彼女は今どこにいるんです？」

「それを教えるわけがないだろう？　こうなるとわかっていたから隠《かく》したんだよ。それより、否定しないということは、図星かい」

浄化薬の無駄《むだ》撃《う》ちはできない。そのためウィリアムは頭の中で必死に勝算を計算した。人ではありえないと思っていたが、本当に人ではなかったアルフィアスをどうやって倒《たお》すべきか。

浄化薬を避けたということは、それで倒せる可能性はある。

問題は、浄化薬銃一本で浄化が可能かどうかということだ。魔物《まもの》の中には量が足りずに浄化しきれなかった個体もいたと、そんな報告がすでに上がっている。

「サラ、君は王宮の中に逃げるんだ。態勢を立て直す必要がある」

「でもフレデリクはっ」

「その状態のフレデリクを中には入れられない。影響《えいきょう》がわからないからだ。たとえ今は正気を保っていても、いつ正気を奪《うば》われるかわからない」

「殿下《でんか》の仰《おっしゃ》るとおりです。サラ様、俺のことなど捨て置いて、あなただけでも逃げてください」

「そんなっ……嫌《いや》だよ私！　二人ともなんでそんな酷《ひど》いこと言うのっ？」

「サラ、これは君の安全を――」

「殿下だって！　殿下だってこういうとき、フェリシアさんを置いていかないくせに！　もしフェリシアさんに逃げてって言われても、殿下はフェリシアさんを置いて逃げないくせに！　それとも好きな人を置いて、自分だけ逃げられるって言うの⁉」

「「えっ」」

「自分が嫌なことを人にさせるなんて酷いっ！　私だってフレデリクのこと、置いて逃げたくなんかないのに‼」

「え、あの、サラ様？　殿下たちと自分たちとでは、その、そもそも前提が違《ちが》うような気が……」

「違わない！　私は好きだもん！　恋《こい》してるもん、フレデリクに！」

「えっ……ええ⁉　恋、って……俺にですか⁉」

「前そう告白したぁ！」

「それっていつ……――いえ、やっぱりちょっと待ってください。今はすみません、俺の顔見ないでいただけますか……！」

きっと照れているのだろうフレデリクが、己《おのれ》の顔を隠すように腕《うで》を眼前で交差したが、彼は大切なことを忘れている。

「安心するといい、フレデリク。今のおまえは瘴気で全身が真っ黒だよ」

思わず憐憫《れんびん》の瞳《ひとみ》でそんな彼を見つめてしまったウィリアムである。

「え!? あ、そういえばそうでした。ですがあの、何が何やらで……。つまり俺は、サラ様を好きでいてもいいってことですか？ 想《おも》いを無理やり押し込めなくても、いいということでしょうか？」

「フレデリク……！」

サラが衝動《しょうどう》のままフレデリクに抱《だ》きつこうとしたので、ウィリアムはさすがに止めた。

「……なんと言いますか、今代の聖女は随分《ずいぶん》と面白《おもしろ》いというか、不憫《ふびん》な方ですね？」

敵にまでそう言われ、サラが「不憫!?」とショックを受けていたが、そこはウィリアムも同意できるところである。

「ですが、やはり面白い。その愛する人が瘴気に侵《おか》され、自分の力ではどうにもならないことに絶望するといいですよ」

「!? あ、がっ」

「フレデリク!?」

フレデリクの全身を覆っていた瘴気が、彼の口や鼻、目、耳から体内へ侵入《しんにゅう》しようとしているのか、どんどん吸い込まれるように消えていく。

苦しみ悶《もだ》えるフレデリクを救おうとサラが力を使うけれど、瘴気のほうが早い。浄化《じょうか》できたのはわずかだった。

フレデリクがのそりと立ち上がる。その瞳は昏《くら》く淀《よど》んでおり、瘴気に侵されているのが一目瞭然《いちもくりょうぜん》だった。

ウィリアムは抵抗《ていこう》するサラを無理やりフレデリクから引き離す。

厄介《やっかい》なことになったと、額から冷や汗《あせ》を流した。フレデリクは単純な性格をしているけれど、その剣の腕は確かなものだ。

王立騎士《きし》団も、近衛《このえ》騎士も、今は瘴気に侵された人々の相手で手《て》一杯《いっぱい》になっている。一人でフレデリクの相手をするのは力不足にもほどがある。

考える暇《ひま》も与《あた》えない速さで、フレデリクが剣《けん》を振《ふ》ってきた。同じく剣で応戦する。受け止めただけで腕の筋肉が嫌な音を立てた。

「相変わらず、一撃《いちげき》が重いなっ」

このままでは分が悪い。瞬時《しゅんじ》にそう判断して、ウィリアムはフレデリクの剣先を地面へ流した。あの重い一撃を全《すべ》て受け止めていたら、ウィリアムの腕がすぐに使い物にならなくなるのは明白だ。

しかしフレデリクに気を取られていた隙に、アルフィアスの魔の手がサラへと迫《せま》っていた。間一髪《かんいっぱつ》のところで間に入ると、アルフィアスが口角を上げる。瘴気が首に巻きついてきた。

「っく」

「殿下！」

そのまま足が地面から離れる。気づいた騎士が駆《か》けつけようとするけれど、瘴気《しょうき》に取り憑《つ》かれた人々に邪魔《じゃま》されて叶《かな》わない。

「ふふ、いい眺《なが》めですね、ウィリアム。もうこのまま君にも瘴気を憑けてあげましょうか。本当は浄化されないくらい完璧《かんぺき》な人形にしたかったので、君が負の感情に支配された瞬間が良かったんですけれどね。そうも言ってられなくなりましたし」

「っは、それで、世界を、手に入れるつもりかっ？」

「少し違います。僕はただ、もう少しこの世界を住みやすいものにしたいだけです。といっても、殺戮《さつりく》の限りを尽《つ》くしたいわけではありませんよ？　人間は大量に瘴気を生み出してくれる、僕にとっても必要な存在ですからね。だから人間が瘴気に滅《ほろ》ぼされないよう、聖女をコントロールするために教会を、定期的に人間を絶望に落とせるよう王家を、支配する必要があった。そうすれば、瘴気溢《あふ》れる世界が簡単に手に入る。これほどの楽園もないでしょう？」

「今になって、こんな、ことを、するのは？」

「瘴気を人に憑かせるのは、君たちが思うより難しいんです。人は動物と違い理性がある。

それが邪魔をする。理性よりも感情が上回ったときが、一番瘴気を憑かせやすい。ようは準備が必要でした。君たちと遊んでいたのも、その準備を悟《さと》らせないためであり、同時に実験をしていたからです。その結果、やはり憎《にく》しみが一番簡単に瘴気を憑かせられると判明しました。姫君の義姉《ぎし》や前財務大臣の息子《むすこ》は、いい実験材料でしたよ」

「なる、ほどな。……くっ」

首の圧迫感《あっぱくかん》が増す。いよいよウィリアムに瘴気を憑かせるつもりなのだろう。

浄化薬銃自体は先ほどサラとフレデリクを助けたときに手放している。けれど、浄化薬の入った投薬器《ダート》は、予備のものがポケットに残っている。

使うなら今か、と手を伸《の》ばしたとき。

「ああ、そこですか」

ポケットに触《ふ》れた手を払《はら》われ、中の投薬器を奪われる。

「君のことですから、予備くらいあると思っていました」

投薬器が地面に叩《たた》きつけられ、中の液体が零《こぼ》れ出た。

「殿下を放して！」

サラが勇敢《ゆうかん》にもアルフィアスへ突撃《とつげき》をかます。しかしひょいと避《よ》けられると、操《あやつ》られているフレデリクに捕《つか》まってしまった。

「聖女を殺すわけにはいきませんから、愛する人の腕の中で大人しくしていてください」

「フレデリクっ、正気に戻《もど》って！」

「さあ、ウィリアム。君をあの騎士と同じように人形にしたあとは、一番に姫君《ひめぎみ》の許《もと》へ会いに行きましょうか。君の手で殺してあげなさい」

ぐっと気道を押されて、反射的に口を開ける。

蒸気のように立ち上ってきた瘴気が、ゆらりと口内へ侵入してきた。アルフィアスがうっとりと眺めてくるのが気に食わない。

味はしない。けれど得体の知れない何かが身体《からだ》の中を侵そうとしてくる感じがして、気持ち悪い。吐《は》き出したくても首が絞《し》まっているせいで、思うように咳《せ》き込めない。

「ああ、どうせなら完璧を目指したかったですが、これでやっと君が手に入る！」

耳障《みみざわ》りな哄笑《こうしょう》が鼓膜《こまく》をつんざいた――そのときだった。

「人の旦那様《だんなさま》にっ、何してくれてんのよこの犯罪者ーっ！」

ここにいるはずのない愛《いと》しい人が、鬼《おに》の形相でアルフィアスの背中を蹴《け》り飛ばした。

「うわ、王女さん容赦《ようしゃ》ない……」

見事跳《と》び蹴《げ》りを決めたフェリシアは、難なく着地すると、一目散にウィリアムの許へ駆け寄った。

驚《おどろ》きに目を丸くするウィリアムの首に巻きついた瘴気を手で払い、次いで左右の頬《ほほ》を両手でがっちりと押さえ込む。そのまま引き寄せて、半開きの口を自分の口で覆《おお》った。

そして人工呼吸とは逆の要領で、ウィリアムの中の空気を思いきり吸い込む。

「!?」

反射なのか何なのか、そんなフェリシアをウィリアムが押しのけようとしてきたので、問答無用とばかりにさらに強く唇《くちびる》を押しつけてやる。

背中がぞくりと震《ふる》えた。自分の中に得体の知れない何かが入ってきたのを確認《かくにん》して、フェリシアはこの方法が正しい自信を持つ。

(あと、もうちょっと)

なのにウィリアムがまだ抵抗してくるから、ムカついたフェリシアは一度口を離すと。

「もうっ、そんなに私とのキスが嫌《いや》なんですか!?」

そう怒鳴《どな》ってやれば、ウィリアムがぽかんと大人しくなる。

満足したフェリシアは、もう一度同じ要領で彼の口を塞《ふさ》いだ。

それは少しの時間だったかもしれないし、長い時間だったかもしれない。ぷはっ、とやっとウィリアムを解放したフェリシアは、続いてアルフィアスを振り返る。

彼はちょうど膝《ひざ》についた砂を払っていた。

「見せつけてくれますね、姫君」

「ウィルは私の旦那様よ。誰《だれ》にも渡《わた》さないわ」

というのも、フェリシアは見ていたのだ。アルフィアスによって襲《おそ》われているウィリアムを。瘴気が彼の中に入っていこうとしているところを。

遠目にそれを目撃《もくげき》して、怒《いか》りのまま突撃したというわけである。

「あなたが教えてくれたのよ、アルフィアス。私には瘴気が効かないって」

「ええ。でもまさか、そんな大胆《だいたん》な方法を採るとは思いませんでした。ウィリアムが照れるなんて珍《めずら》しいのでは？」

「……うるさいよ」

図星だったのか、彼の目元が仄《ほの》かに赤い。口元を片手で押さえながら視線まで泳がせている姿を見て初めて、フェリシアは自分のしたことを冷静に振り返ってしまった。

周囲も啞然《あぜん》と注目していた。

「あ、だ、だって、ああしないと、ウィルがっ。あ、あれは！　応急処置！　だったんです！」

「うん。でもあんなに熱烈《ねつれつ》に求められたのは初めてだったな。癖《くせ》になりそう」

「何を言ってますの！　そう何度も襲われないでもらえます⁉」

「襲われなくてもやってほしいな。ああでも、たとえ襲われていても、私以外の人間にはやってはいけないよ？」

ぶるり。今度は違《ちが》う理由で背中が震えたフェリシアである。高速で頷《うなず》いた。

「ですがまあ、これで役者が揃《そろ》いましたね。姫君はウィリアムの厚意《こうい》を無駄《むだ》にし、自ら僕に殺されに来てくれたわけです。かわいそうなウィリアム。君の苦労は水の泡《あわ》となる」

「ならないわよ」

反論すれば、アルフィアスがよく理解できないという顔で小首を傾《かし》げた。

「ウィルの企《たくら》みなんて全部暴《あば》いてやったんだから！　私はその上でここに来たの。勝つために来たのであって、あなたに殺されるために来たわけじゃないわ！」

ゲイル！　と共に来た護衛の名を呼ぶ。

「はいはーい。聖女さんの騎士《きし》さんなら浄化《じょうか》済みでーす」

「よくやったわ！」

「あの男は……」

ゲイルを見て反応したアルフィアスに、ウィリアムが真実を教えてやる。

「どうして私が教皇の正体に気づいたのか――おまえはさっき不思議そうにしていたね。簡単な絡繰《からく》りだよ。ゲイルに二重スパイをさせていた。だから筒抜《つつぬ》けだったんだよ、とっくにね」

「そういうことなんすよねー。なんかすんませんね？」

ふ、とアルフィアスが鼻で笑った。

「別に構いませんよ。誰が裏切ろうと興味はありませんし、聖女の騎士が浄化されようと、やはり興味はありません。玩具《おもちゃ》が一つなくなっただけです。どんなに足掻《あが》こうと、君たちは僕を倒《たお》すことはできません。今日という日が終わっても、また僕のような存在に狙《ねら》われ続けるだけなのですから」

その言葉に、フェリシアとゲイル以外が悔《くや》しそうに歯噛《はが》みした。

あのウィリアムまでそんな顔をするものだから、フェリシアは困惑《こんわく》してしまう。なんとなく状況《じょうきょう》についていけていない雰囲気《ふんいき》を感じ取って、フェリシアはウィリアムに目で説明を求める。

「アルフィアスはね、人間ではないようなんだ」

ウィリアムが答えた。

「おそらく瘴気《しょうき》の塊《かたまり》とか、集合体とか、そんなモノだろう。さっきフレデリクの剣《けん》が腹を貫《つらぬ》いたが、開いた穴はどこにも見当たらない。人間ではありえない」

「瘴気の、集合体……？」

「ああ。だから倒せない、現状は」

「浄化薬でもですか？」

「ある程度ダメージが与《あた》えられるとは思うけれど、完全に倒すとなるとどれほどの量が必要になるかわからない。あの余裕《よゆう》そうな態度を見る限り、相当の量じゃないと無理だろうね。今はその量がない」

ウィリアムが周囲に視線を走らせたのを、フェリシアは見逃《みのが》さなかった。

ここに到着《とうちゃく》したとき、フェリシアもこの場の騒動《そうどう》には愕然《がくぜん》としたものだ。大勢の人から瘴気が溢《あふ》れていて、どこも乱闘《らんとう》状態だった。

優先すべきは国民だ、とウィリアムは冷静に考えているのだろう。

「でも僕が、この優位を逃《のが》すはずもありませんよね？」

場に漂《ただよ》っていた瘴気の量が増す。サラが対抗《たいこう》して浄化を始めた。

「無駄ですよ。あなたの浄化するスピードより、瘴気の増加スピードのほうが速い」

その言葉どおり瘴気が徐々《じょじょ》に圧倒《あっとう》している。取り憑《つ》かれた人々の勢いも増してきた。

「くっ、浄化できない者は片っ端《ぱし》から気絶させよ！」

誰かの野太い指示が飛ぶ。

「サラ様！　それ以上無理をするのは……！」

フレデリクの切羽詰《せっぱつ》まった声が聞こえる。

浄化薬は足りない。サラも限界。ウィリアムはいつもの仮面で取り繕《つくろ》うこともできずに、脳内で必死に打開策を練っている。

(私も何か、何か方法を)

あるはずだと、周りを見回した。

腕《うで》っ節《ぷし》には自信がない。お荷物になるのは目に見えている。

なら浄化薬を追加で作るかと考えても、そのための材料が足りない。

気ばかりが焦《あせ》って、アルフィアスの余裕《よゆう》綽々《しやくしやく》とした微笑《ほほえ》みが癇《かん》に障《さわ》った。

しかしそのとき、頭の中で何かがフラッシュバックした。

――〝瘴気は言わばこの世界の一部です〟

アルフィアスの声だった。憎《にく》たらしいくらい穏《おだ》やかな、聞きやすい声。

――〝それを拒絶《きよぜつ》できるのは、この世界ではないもの――たとえば異世界から来た聖女だけ〟

目の前にいるアルフィアスではない。これは少し前、アルフィアスを捕《つか》まえたときに彼が教えてくれたことだ。

――〝そして同じ現象をあなたも起こした〟

その言葉を思い出した瞬間《しゆんかん》、頭の中で真っ白な光が弾《はじ》けた。

「サラ様！」

フェリシアは気づけば走り出していた。腕輪《うでわ》に力を込めて瘴気を浄化しているサラの手を、思いついたままに握《にぎ》る。

「これは、日本語で発動するんですよね⁉」

「は、はいっ」

「だったら私もできるかもしれません！」

「！」

フェリシアのやろうとしていることを瞬時に理解してくれたサラが、ぱあっと顔を輝《かがや》かせる。

二人にしかわからないやりとりに、ウィリアムも、フレデリクも、そしてアルフィアスさえ様子を窺《うかが》っている。

それがあなたの命取りだと教えるように、フェリシアは一か八《ばち》かの賭《か》けに出た。

「これも、あなたが教えてくれたのよ、アルフィアス！」

フェリシアも腕輪に触《ふ》れる。サラと同じ呪文《じゅもん》を口にした。

異世界の人間が瘴気を拒絶できるなら、実際にフェリシアが己《おのれ》の中の瘴気を拒絶したことがあるのなら、腕輪は、きっと自分にも使える。フェリシアはそう考えた。

そしてその思惑《おもわく》に、自分の指先が消え始めたのを見てようやくアルフィアスも気づいたらしい。

「なっ、そんな、ありえない！　聖女が、二人……!?」

手応《てごた》えを感じる。フェリシアはサラと頷《うなず》き合うと、さらに腕輪に力を込めた。

ちかちかと光り出した腕輪を、二人で掲《かか》げるように持ち上げる。

「たくさんの人を苦しめたこと、弄《もてあそ》んだこと、あとフレデリクを勝手に操《あやつ》ったこと。全部全部、まとめて後悔《こうかい》しなさい！」

「人はあなたが思うほど愚《おろ》かじゃないわ。二度と人の旦那様《だんなさま》にちょっかいをかけないよう、ここで完全に終わらせてあげる！」

掲げた腕輪が宙に浮《う》き上がり、落雷《らくらい》のときのような強烈《きょうれつ》な光を発し始める。

「なぜだ、聖女はこの世界に一人のはず！　一人しか扉《とびら》はくぐれない！　それがこの世界の理《ことわり》です。僕の中のどの記憶《きおく》にも、二人と存在することはなかった！　なのにっ……姫君《ひめぎみ》、あなたはいったい……！」

「あなた、知ってたんじゃないの？　私のこと」

光がさらに強さを増していく。

取り憑かれた人々の身体《からだ》からも、蒸発するように瘴気が抜《ぬ》けていっている。

「いいえ、いくら考えてもわかりませんでしたよ。さっきも言ったように、聖女は一人なんです。それがこの世界の限界です。異世界の人間を受け入れるには、それほどのエネルギーがかかる！　世界は僕をどうにかしたくても、どうにもできなかった！」

ぎり、と憎しみを込めた瞳《ひとみ》で睨《にら》まれる。まるで人間のようなその苛烈《かれつ》さに、フェリシアは逆に冷静になれた。

得体の知れないモノ、ではなくなったからだ。

「世界がなんなのかはわからないし、私も自分に起こった現象がなんなのかは理解していないわ。むしろ今の今まで〝私〟がここにいる意味なんて考えたこともなかった」

乙女《おとめ》ゲームの世界に転生して、ただ転生しただけだと思っていた。

そこに意味なんて見出《みいだ》さなかったし、意味があるとも思わなかった。

「でももし、意味があったというのなら、それは今このときのためだったのかもしれないわね」

アルフィアスの身体が本当に消えていっている。これまで瘴気に取り憑かれた人たちと同じように瘴気だけが浄化《じょうか》されているわけではなく、アルフィアス自身が瘴気そのものであることを裏付けるように、光に当てられたところは跡形《あとかた》もなくなっていた。

「まさかこんなところで、何もできずに終わるわけにはいかないんですよ……！」

そのとき、アルフィアスが最後の力を振《ふ》り絞《しぼ》るように瘴気をこちらへ飛ばしてきた。

「あなたも道連れだ、姫君！」

捕まると思った瞬間、視界に見慣れた背中が広がる。ウィリアムだ。

しかし耳に届いたのは、アルフィアスの苦悶《くもん》の声だった。

「奥の手は、最後まで残しておくものだよ」

ウィリアムの手には空の瓶《びん》が握《にぎ》られている。フェリシアに迫《せま》っていた瘴気が浄化されているのが見えたことから、おそらく中身は液状の浄化薬だったのだろう。

相変わらず抜け目のない彼に、ほっと胸を撫《な》で下ろす。

アルフィアスが——いや、アルフィアスという名の存在が、ついに完全に消え失《う》せた。

やがて腕輪の光は集束し、静かにサラの手元へ戻《もど》っていく。

瘴気《しょうき》に取り憑かれていた人々も、そうでない人々も、やっと収まった混乱に呆然《ぼうぜん》としている。

「終わっ、た、のか?」

誰《だれ》かの一声が、現実を運んできた。

「終わった……ああ、終わったんだ」

「終わった! もう誰も暴れてない!」

「うおぉぉー! 良かったぁああ!」

「馬鹿者《ばかもの》! 良かったではない! 喜ぶ前にさっさと怪我《けが》人の手当てをせんか!」

「「「は、はい!」」」

騎士《きし》が落ち着く暇《ひま》もなく動き出す。

それを見て、フェリシアは完全に安心してしまった。

(もう、足、むり)

教会から走り続けた疲労《ひろう》がどっと押し寄せてきて、フェリシアの意識はそこで暗転した。

エピローグ❖こうして邪魔者は消えました

フェリシアは今、人生最大の〝ピンチ〟を迎《むか》えていた。

以前も同じことを思ったが、そのときよりピンチなので人生最大で間違《まちが》いないだろう。

あの騒動《そうどう》で倒《たお》れたフェリシアは、しばらく別室で一人安静にしていたため、夫婦《ふうふ》の寝室《しんしつ》で眠《ねむ》るのは久しぶりのことだった。

ただでさえウィリアムと一緒《いっしょ》に眠るのはまだ慣れていないというのに、日を置いてしまったせいで余計に緊張《きんちょう》している。

しかも入浴を済ませて寝室に来てみれば、同じように入浴を済ませたらしいウィリアムがベッドの縁《ふち》に座って俯《うつむ》いていた。

フェリシアが来たことには気づいているはずなのに、彼は一向に顔を上げようとしない。

入浴後の彼の色気にドキドキすればいいのか、この気まずい沈黙《ちんもく》にドキドキすればいいのか、混乱を極《きわ》めたフェリシアはもう何がなんだかわからなかった。

それでもこのままというわけにもいかなかったので、勇気を出して声を掛《か》ける。

「あの、今日もお疲《つか》れ様でした、ウィル。陛下の退位が決まったと伺《うかが》いましたわ。王宮はウィルの即位《そくい》の話で盛り上がってて、なんだかお祭り騒《さわ》ぎみたいですね。これもウィルの今までの――」

「うん、その話は、あとにしようか」

フェリシアは驚《おどろ》いた。やっと顔を上げたと思ったウィリアムは、どうしてか眉尻《まゆじり》を下げていて、悲しげな表情をしていたからだ。

今のフェリシアにはわかる。これは、彼の作った表情ではない。

そうと気づいた瞬間《しゅんかん》、考えるより先に身体が動いていた。座る彼の頭を、包み込むように抱《だ》きしめる。

「ウィル？　どうしたんですか？　何かありました？」

「私が良い意味でも悪い意味でも心を動かされるのは、大抵《たいてい》君のことだよ、フェリシア」

ウィリアムの手が腰《こし》に回る。ぎゅっと抱きしめられて、まるでどこにも逃《に》げられないよう捕《つか》まえられている気分だ。

ウィリアムがまた黙《だま》ってしまったので、フェリシアはもう一度口を開いた。

「私はどこにも逃げませんし、どこにも行きませんよ？」

すると。

「本当に？」

すぐにウィリアムから返事がくる。

「本当に、どこにも行かない？　どこにも——君の世界にも？」

びく。反射的に反応してしまう。この反応は誤解を招くものだと、さすがのフェリシアでもわかった。

案の定、ウィリアムは誤解してしまったようだ。

「サラとは、二人だけの暗号を使って楽しんでいるそうだね」

おそらく日本語のことを言っているのだろう。あの言語を理解できるのは、この世界ではサラとフェリシアの二人だけだ。

「聖女の腕輪《うでわ》も、あの呪文を理解できるのは異世界から来た聖女だけだ」

それも日本語で唱えるようにできていたのだから、前世で日本人だった記憶《きおく》があるフェリシアも理解できて当然だった。

「瘴気は、この世界の人間には、浄化できないんだ」

確かにアルフィアスがそう言っていた。実際、フェリシアも瘴気を浄化できてしまった。

全《すべ》ての状況《じょうきょう》が、ウィリアムに一つの結論を運んでいるのだろう。

そしてフェリシアは、遅《おそ》かれ早かれウィリアムには打ち明けるつもりだった。

「私の話を、聞いてくれますか？」

ウィリアムが抱きしめる腕をそっと放した。肯定《こうてい》の代わりなのだろう。

フェリシアは隣《となり》に腰掛《こしか》ける。これからする話を聞いて、ウィリアムはなんと思うだろう。

せっかくお風呂《ふろ》に入ったのに、手汗《てあせ》がじんわりと滲《にじ》み出す。

けれど、ウィリアムが不安がっている。話さないわけにはいかなかった。

「私は、サラ様のように、異世界から召喚《しょうかん》された人間ではありません。それは間違いないです。ただ、前世の記憶を持って、この世界に生まれました」

「……前世の、記憶？」

フェリシアは全てを明かした。

自分が前世の記憶を持つこと。それを思い出したのがウィリアムの姿絵を見たときであること。

前世ではこの世界を舞台《ぶたい》にした乙女《おとめ》ゲームなるものがあったこと。

そのゲームでフェリシアは悪役《あくやく》で、ウィリアムは聖女と結婚《けっこん》する運命であったこと。

だから婚約破棄《はき》をして、自分の幸せを見つけようと思ったこと。

さすがに「ゲームではウィリアムに殺されるんです」とは言えなかったので、そこはぼかしたけれど。

話し終えたあと、しばらく沈黙が流れた。

これほど気まずくて不安になる沈黙は初めてだと、フェリシアが心臓の鼓動《こどう》と闘《たたか》っていると。

「じゃあ君は、異世界から来たわけではないけれど、異世界の記憶を持っているということかい？」

「そう、なりますわね」

「じゃあ、異世界に帰るなんて、言わない？」

「言いませんわ。そもそも私は帰れませんし」

「帰れない……そう、そっか」

「ウィル？　どうし――えっ」

急に視界が反転したと思ったら、ウィリアムに押し倒されていた。

視界の両端《りょうはし》に彼の腕が映る。この体勢はなんだと目を瞬《またた》いていたら、ウィリアムがそれはそれは見事な笑顔《えがお》を見せてきた。

「ごめんね、フェリシア。君が帰れないと聞いて喜んだ私を許してね。もう一度確認《かくにん》するけれど、フェリシアは異世界から召喚されたわけではなく、前世の記憶があるんだね？」

「え、ええ、そうですけど。あ、信じられないのは仕方ないので、もしそうなら遠慮《えんりょ》なく言っていただければ……」

「いいや、信じるよ。それならアルフィアスの最後の話も合点《がてん》がいく。あの状況であいつが嘘《うそ》を言うとも思えないし、何より、フェリシアが嘘をつくときはわかりやすい」

あ、そうですか。と、なんとなくもの悲しい気持ちになった。そこは嘘でも「フェリシアが私に嘘をつくとは思えない」みたいなことを言ってほしかったところだ。

「じゃあ、前世で恋人《こいびと》はいた？」

「……はい？」

予想外すぎる質問が飛んできて、つい声が裏返ってしまう。

そして気のせいだろうか。いつのまにか先ほどの悲愴感《ひそうかん》が彼から消えている。

「正直、げーむだったりフェリシアが悪役だったりとか、まだ呑《の》み込めていないところが多々あるんだけれど、重要なのはそこじゃないと思うんだ。君に前世の記憶がある？　じゃあ私と出逢《であ》う前に、君にはすでにそういう存在がいたということ？　愛する夫が？」

そう訊《たず》ねてきたウィリアムの圧が怖《こわ》かったので、フェリシアは脊髄《せきずい》反射並みの速度で答えた。

「いえ、いないです。誓《ちか》っていないです。というより気にするところそこなんですか⁉　もっと他《ほか》にありません⁉」

「ないね。ああでも、いいことを聞いたな。忘れているわけでもないんだよね？　本当に君の夫は私だけで、君の恋人も私だけだった？」

「あまり興味がなかったのでそうではあるんですけど……けど、もっとこう……こう、なんか……っ」

こちらの緊張を返してほしいくらいあっけらかんとしすぎじゃないだろうか。

いや、これで離婚《りこん》と言われるほうが困るので、何もないならないで安堵《あんど》はした。したけれど。

ウィリアムが額に、こめかみに、頬《ほほ》にと、嬉《うれ》しさを伝えるようにキスをしてくる。

なんだかどっと疲れたフェリシアは、好きなようにさせていた。

それが止《や》むと、ふとウィリアムと視線が合う。綺麗《きれい》な紫《むらさき》の瞳《ひとみ》は甘く蕩《とろ》けていた。

そんな顔を見せられたら、フェリシアはもうなんでもいいかと思考を放棄《ほうき》することにした。

そう、なんでもいい。ウィリアムとこれからも、ずっと一緒《いっしょ》にいられるのなら。

「ねぇ、フェリシア。ということは、これも私が初めてだったんだよね？」

さっきは触《ふ》れなかった唇《くちびる》に、彼のものが重なる。

入浴したあとだからか、ちょうどいい温度が気持ちいい。最初は触れるだけの、いつものようにフェリシアを窺《うかが》うキス。そして一度離《はな》れて、今度は深いキスが来る。

だから離れた瞬間を狙《ねら》って、フェリシアは答えた。

「そうですよ。全部、ウィルが初めてです。だから優《やさ》しくしてくださいね……？」

前みたいに、いきなり難易度が高いのは無理ですからね、と暗に伝えたつもりだったが。

次のキスを待っていたフェリシアの横を、ウィリアムの顔が通り過ぎ、なぜかベッドとこんにちはを果たしている。

「……あの、ウィル？」

「ごめん待って。今のはまずい。この体勢で聞いていいことじゃなかった」

「？　もう寝《ね》ますか？」

「違《ちが》う待って。眠《ねむ》くて倒《たお》れたわけじゃないんだ。それに久々に一緒に寝られるんだから、もう少しこの甘い時間を過ごしていたい。過ごしていたいんだけど、本当に待って。理性が戻《もど》ってくるまで待って、お願い」

こんなに懇願《こんがん》されたのは初めてだ。

よくわからないけれど、とりあえず待てばいいことは間違いなさそうなので、フェリシアは素直《すなお》に頷《うなず》いた。

ただ、顔のすぐ横にウィリアムの美貌《びぼう》があるのは、なんだか落ち着かない。

今日は暑いなと、ウィリアムの回復を待つ間、空いている手で顔の熱を冷ますフェリシアだった。


それからの日々は、本当に目まぐるしかった。

二人の結婚式よりも忙《いそが》しかったのではないだろうかと、フェリシアは後《のち》に振《ふ》り返る。

国民に国王の退位と、同時に王太子ウィリアムの即位《そくい》が発表された。

新国王の誕生だけでも国中が沸《わ》いたというのに、あの王宮での大騒動《おおそうどう》が人から人へと伝わり、次期王妃《おうひ》となるフェリシアも聖女なのでは、という噂《うわさ》で一時期盛り上がったのだ。

これにはすぐさま否定を示したフェリシアである。

ウィリアムも、フェリシアを聖女に仕立てるつもりはなかったらしく、王家として正式に〝否《いな》〟と回答している。

一方で、ウィリアムには別の計画があったらしく、彼は浄化薬《じようか》の開発者がフェリシアであることを明かした。

そのときの国民の反応は凄《すさ》まじいものだった。

聖女でも浄化できない魔物《まもの》の瘴気《しようき》を浄化できるため、魔物の被害《ひがい》に苦しんでいた人々はフェリシアを「賢女《けんじよ》」と称《たた》え始めた。

これにも否定を示そうとしたフェリシアを止め、ウィリアムはその賞賛を受け入れた。

でも一つだけ謎《なぞ》なのは、開発者がフェリシアと明かされたとき、「嘘つき」という言葉を慇懃無礼《いんぎんぶれい》にすればこう言うのかなと思うくらい堅苦《かたくる》しい言葉で埋《う》め尽《つ》くされた抗議《こうぎ》文が、なぜか教会から届いたことだ。それを読んだウィリアムが「そういえば義兄上《あにうえ》の名前を使ったんだった」と呟《つぶや》いていたけれど、最終的には気にしなくていいと言ったので、フェリシアも気にすることはやめた。

そうして忙《せわ》しない日々を送るうちに、あっという間にこの日が来た。新国王誕生の日だ。

王宮のメインガーデンは、大勢の人々で賑《にぎ》わっている。

王侯《おうこう》貴族のみの式典が終わった今、メインガーデンに面する二階のバルコニーから、新国王と新王妃の国民へのお披露目《ひろめ》が予定されていた。

あともう少しで開始の時間だ。バルコニーのある部屋で待機しているフェリシアは、手のひらに〝人〟の字を三回書いて飲み込んでいた。

「何してるの？　フェリシア」

「緊張《きんちょう》をほぐすおまじないですわ。式典はウィルだけが挨拶《あいさつ》すれば終わりでしたけど、お披露目は私も……あ、胃が痛くなってきた気がします」

「へぇ、手を食べるのがおまじないなの？　じゃあ私が食べてあげようか？」

「違いますわよ！　これは〝人〟という字を書いて――」

と騒《さわ》いでいたら、不機嫌《ふきげん》そうな声に遮《さえぎ》られる。

「おい。なぜこんなときまでそなたは落ち着きがないのだ。これが王妃などと、先が思いやられるな。今からでも連れ帰るか？」

「お兄様！　し、仕方ないじゃないですかっ。私は人前に立つのなんて慣れてませんもの」

誰《だれ》のせいだと思ってるんですか、と一応お祝いに駆《か》けつけたはずのアイゼンを睨《にら》む。

「そうですよ、義兄上。どさくさに紛《まぎ》れて連れて行こうとしないでいただけますか。浄化薬の開発者を義兄上だと偽《いつわ》っていたこと、まさかまだ根に持っていらっしゃる？」

「あれはあのときの一回だけの嘘だと聞いていたのに、ずっとそれで通していたらしい男に仕返しをして何が悪い？　おかげで余のところにも大量の抗議文が届いているぞ。貴殿《きでん》に転送していいなら連れて帰らずに済ませてやろう」

「構いませんよ。シャンゼルの宰相宛《さいしょうあ》てに送ってください」

兄は先ほどから憎《にく》まれ口ばかりである。本当にウィリアムの国王就任を祝いに来てくれたのか疑わしいくらいだ。

でもこれがこの二人の通常運転なので、慣れたフェリシアはそんな二人をなんだかんだ仲のいい二人、と認定《にんてい》することにした。

「にしても、あなたがもう国王様なんてねぇ」

同じくお祝いに駆けつけてくれたダレンがしみじみと言う。

「まあ、でも殿下《でんか》……じゃなかった陛下って、性格がすでに王様って感じでしたしねぇ。ほら、魔王的な」

「あははっ、確かに言えてるわ〜」

「ということは、ウィリアム陛下はヤンデレ魔王陛下……」

ゲイルの冗談《じょうだん》に楽しそうに同意するダレンの横で、サラが真剣《しんけん》に考え込んでいる。ヤンデレの意味がわからないフレデリクは、きょとんと、そんなサラを優しげな瞳《ひとみ》で見守っていた。

対して「魔王」という言葉に不穏《ふおん》な空気を感知したのは、無言でウィリアムをチラ見したライラと、顔面蒼白《そうはく》のジェシカやウィリアムの侍従《じじゅう》たちである。

　しかし、ウィリアムが何か文句を言う前に、

「陛下、王妃殿下。そろそろお時間です」

　近衛騎士《このえきし》が声を掛《か》けてきた。いよいよだ、と緊張のピークがやってくる。

　もう一度おまじないをしようかと悩《なや》んだとき、右手をウィリアムに繋《つな》がれる。

「大丈夫《だいじょうぶ》、私が隣《となり》にいるから。行こう、フェリシア」

　それは、何よりも心強い、フェリシアにとって最も安心できるおまじないだ。

　その手を強く握《にぎ》り返して、フェリシアは一歩を踏《ふ》み出した。

「頑張《がんば》ってらっしゃい、フェリシアちゃん」

「転《ころ》ぶなよ、愚妹《ぐまい》」

「そのときは陛下のマント摑《つか》めば大丈夫っすよ」

「行ってらっしゃいませ、国王陛下、王妃殿下」

「フェリシア様の好きなお菓子《かし》をご用意して、無事に終わるのをお待ちしていますね！」

「フェリシアさん、ウィリアム陛下。お二人とも、おめでとうございます！」

　仲間に見送られて、フェリシアは満面の笑《え》みで応《こた》える。

「ありがとう、みんな。行ってきます！」

　そうしてウィリアムと共に、大勢の歓声《かんせい》に迎《むか》えられた。

こうしてここに、シャンゼル王国の歴史上最も仲睦《なかむつ》まじく、平和の転換期《てんかんき》をつくった偉《い》大《だい》なる王と王妃が誕生した。

二人の甘すぎる話はたびたび国民の話題に上ったが、それはまた、別のお話で――。

あとがき

皆様《みなさま》こんにちは。ついにウィリアムが国王となり、こんな鬼畜《きちく》がトップでこの国は本当に大丈夫《だいじょうぶ》かと心配している蓮水涼《はすみりょう》です。

当初はデッドエンドを回避《かいひ》するために奔走《ほんそう》していたフェリシアも、苦難を乗り越《こ》え王妃《おうひ》となりました。毒好き王妃です。やっぱりこの国、大丈夫じゃないですね。

そんな本作ですが、予想もしなかった多くの読者様に支えられ、ここまで続けることができました。読者様の中には本巻を読み終えて大団円を思った方も多くいることでしょう。でもわかりません！　私はまだまだあの人やあの人のエピソードを書きたいなぁと思っています。思っています！（これ大事）。どうなるかは神のみぞ知る、ですかね（笑）。

ちなみに、皆様ご存じでしょうか。実は本作、なんとボイスドラマデビューを果たしております。本巻でウィリアムが「今度は泊《と》まりのデートもいいかもね」と言っているのですが、こちらはまさにボイスドラマで描《えが》いたものです。試聴《しちょう》もできますので、ご興味があればぜひこちらもよろしくお願いいたします！

ではここからは、作品作りに携《たずさ》わってくださった方々への謝辞となります。

担当I様へ。何をおいても一番に感謝しております。I様に拾っていただき、ここまで一緒《いっしょ》に頑張《がんば》っていただいたこと、本当にありがたく思っております。まさかのここにきて担当交代がありましたが（笑）、入稿《にゅうこう》まで見ていただいて嬉《うれ》しかったです！

そして新担当のS様。挨拶《あいさつ》のお電話の前、実は緊張《きんちょう》していた私ですが、まさかのアイゼンお兄様好きです発言のおかげで緊張はどこへやら（笑）。後半戦、共に走っていただきありがとうございました！

また本巻もイラストを担当してくださったまち先生、毎度本当にありがとうございます。今回表紙で初めてフェリシアがウィリアムを抱《だ》きしめ返していて、これを拝見したときはもう感動で震《ふる》えと雄叫《おたけ》び（？）が止まりませんでした。あと、4巻あたりからは先生のほうが植物に詳《くわ》しくて何度か本気で女神《めがみ》だと思いました（笑）。

そして校正様にも大変お世話になりました。本巻ももちろんのこと、本作を通して勉強させていただき、とても良い経験になりました。

他《ほか》にもお世話になりましたデザイン、印刷、営業等、本作の出版にご尽力《じんりょく》くださった皆々様《みなみなさま》へ、心からのお礼を申し上げます。誠《まこと》にありがとうございました。

では、全《すべ》ての皆様へ、またお目にかかれることを願って——。

蓮水涼

BEANS BUNKO
「異世界から聖女が来るようなので、邪魔者は消えようと思います5」の感想をお寄せください。
おたよりのあて先
〒102-8177　東京都千代田区富士見2-13-3
株式会社KADOKAWA　角川ビーンズ文庫編集部気付
「蓮水　涼」先生・「まち」先生
また、編集部へのご意見ご希望は、同じ住所で「ビーンズ文庫編集部」
までお寄せください。

異世界《いせかい》から聖女《せいじょ》が来《く》るようなので、
邪魔者《じゃまもの》は消《き》えようと思《おも》います5
蓮水《はすみ》　涼《りょう》

角川ビーンズ文庫　23354

令和4年10月1日　初版発行

発行者――――青柳昌行
発　行――――株式会社KADOKAWA
〒102-8177　東京都千代田区富士見2-13-3
電話 0570-002-301（ナビダイヤル）
印刷所――――株式会社暁印刷
製本所――――本間製本株式会社
装幀者――――micro fish

ISBN978-4-04-112900-5 C0193 定価はカバーに表示してあります。
◇◇◇

転生王女は幼馴染の
溺愛包囲網から逃げ出したい
前世で振られたのは私よね!?
過保護な侯爵子息×鈍感王女の
前世が終わらない甘々ラブコメ!

角川ビーンズ小説大賞
原稿募集中!
君の"物語"がここから始まる!
角川ビーンズ小説大賞がパワーアップ!
https://beans.kadokawa.co.jp
詳細は公式サイトでチェック!!!
【一般部門】&【WEBテーマ部門】
賞金 大賞100万円 優秀賞30万円 他副賞
締切 3月31日
発表 9月発表(予定)
イラスト/紫 真依